小学館文庫

付添い屋・六平太

鵺の巻　逢引き娘

金子成人

小学館

目次

付添い屋・六平太

鵺《ぬえ》の巻　逢引き娘

第一話　負の刻印

一

神田川に架かる水道橋《すいどうばし》の北詰を過ぎたところで菅笠《すげがさ》を手で持ち上げた秋月六平太《あきづきろっぺいた》は、歩みを止めて左手の川面《かわも》に眼《め》を遣《や》った。

五月晴れの上空から照り付ける日射《ひざ》しを、川面がギラギラと跳ね返している。

一旦足を止めた六平太は、水戸《みと》中納言《ちゅうなごん》家の上屋敷前の広い道から小石川《こいしかわ》御門の方へと、緩い上り坂に向かって歩み出した。

道から立ち昇った熱気が、日除《ひよ》けの笠《かさ》の下に籠って、顔を火照らせる。五月に入ったばかりだというのに、夏の盛りを思わせる日射しだった。目指しているのは、四谷《よつや》である。

六平太はこの日の朝、付添いの仕事をひとつこなした。

日本橋《にほんばし》にある唐紙屋のご隠居夫婦が、孫娘を連れて参拝を兼ねた庭見物に行くというので付添った。

五つ（八時頃）時分に芝《しば》、増上寺《ぞうじょうじ》に着いた六平太とご隠居の一行は、本堂を参拝すると、広大な境内に点在する堂宇や庭をのんびりと巡った。

その後、大門近くの茶店に立ち寄って甘酒を飲み、そのまま日本橋の唐紙屋に送り届けて、付添い料一朱（約六千二百五十円）を得た。

半日の付添いなら、こんなものである。

唐紙屋を後にした六平太は、日本橋の蕎麦屋《そばや》に飛び込んで昼餉《ひるげ》の蕎麦を手繰ると、神田川に沿って四谷へと足を向けたのだった。

千代田城《ちよだじょう》の外堀を担う神田川の対岸には、石積みの城壁が連なっている。

その城壁の奥にある本丸には、在位四十七年を数える将軍徳川家斉《とくがわいえなり》が、天保《てんぽう》四年（一八三三）の今日まで永々と起居し続けていた。

堀沿いの道は、船河原橋《ふなかわらばし》を過ぎると大きく南へと方向を変える。

六平太は、堀を左に見ながら牛込《うしごめ》御門前を通り過ぎ、市ヶ谷《いちがや》御門から四谷御門前に至り、道を右に折れた。

突き当たりの小路《こうじ》を更に奥に行ったところに扉のない冠木門《かぶきもん》があって、門柱に『立身流兵法《たつみりゅうへいほう》　相良庄三郎《さがらしょうざぶろう》』と書かれた看板が掛かっている。

門の外からも見える式台が、多くの門弟が出入りする道場の出入り口である。

一時、師範代を務めた六平太や何人かの道場出身者は、母屋の出入り口から着替え専用の部屋へと行けることになっていた。

「ごめん」

声を掛けて、六平太は母屋の戸を開けた。

道場近くの板張りの小部屋に入ると、早速、道着に着替えはじめた。

道着は、いつもどおり畳まれて棚に置かれていた。

稽古の帰り、汗にまみれた道着を棚に脱ぎ捨てていても、下男の源助《げんすけ》が洗って干し、乾いたらきちんと畳んでこの部屋の棚に置いてくれる。

「やはり秋月様のお声でしたか」

通りかかった源助が、廊下で腰を曲げるとすぐ、歩き去った。

道着を着終わったころ、道場の方から、気合を発する声や床を踏む音が聞こえ始めた。

道場の稽古は、午前が五つ半（九時頃）から四つ半（十一時頃）まで、午後は八つ（二時頃）から七つ（四時頃）となっていた。

午前中に付添いの仕事を済ませた六平太は、昼餉の後、午後の稽古を目指すことにした。

特段、なまった体を鍛えようというつもりではなかった。

熱気の籠った長屋に戻って汗をかくくらいなら、稽古で汗を流した方がよほど良いのではないかと、昼餉の蕎麦を手繰りながら思いついたのだ。

道場主の相良庄三郎が見所に着座すると同時に、若い門人たちに混じって、六平太も素振りを始めた。

昨年の五月から今年の三月まで、足を負傷した庄三郎に請われて師範代を務めた六平太は、ほとんどの門人が顔見知りである。

その中に富坂徹太郎《とみさかてつたろう》の顔もあった。

かつて仕えていた、信濃《しなの》、十河《そごう》藩加藤《かとう》家の家臣であり、徹太郎が、かつての六平太と同じ供番務めだということもあって、初対面の時から親しみを抱いていた。

相良道場の門人は武家の子弟と、大名家や旗本などの屋敷に仕える者ばかりだった。

午前の稽古には、非番の侍と成人前の無役の若侍が多く通うのだが、午後の稽古には、屋敷務めを終えた若侍が通った。

素振りを始めて寸刻もしないうちに、六平太のこめかみから、ツツと汗が滴り落ちた。

六平太は、庄三郎と並んで縁に座り、庭を眺めていた。

「先生が、お急ぎでなければ茶でもいかがかと申しておられますが」

稽古の後、井戸端で汗を拭いていた時、源助に尋ねられた六平太は、誘いに応じたのである。

相良庄三郎の部屋は、母屋の北側にあった。

縁側には樹木の植わった程よい広さの庭があって、涼やかな風が吹き抜ける。

四谷から甲州《こうしゅう》街道へと通じる往還の北側の斜面にある相良道場は、他よりも早く日が翳《かげ》り、夕刻は暑さも和らぐ。

「付添いの仕事は忙しいようだな」

庭に眼を向けた庄三郎の口から、ゆったりとした声が出た。

「は。ありがたいことに、以前のお得意様からも声が掛かりまして」

「それはよかった」

庄三郎は、十月ぶりに復帰した付添い稼業がうまく行っているのかを気に掛けていたようだ。

「先日、ここに顔を出した矢島《やじま》新九郎《しんくろう》から六平太の様子を聞いて、安心はしていたのだが」

「お気遣い恐れ入ります」

六平太は、軽く頭を下げた。

「新九郎も忙しげにしていたよ。このところ、物取りや押し込みが横行していて、夜の江戸は物騒だとも嘆いていた」

庄三郎が口にした矢島新九郎というのは、通っていた時期は違うが、同じ相良道場の門人であり、北町奉行所の同心を務める男の名である。

「先生、富坂徹太郎様がお眼に掛かりたいと申しておいでですが」

角を曲がって現れた源助が、縁に片膝を突いて伺いを立てた。

「ここに」

源助にそう返事をした庄三郎が、

「構わぬな」

と、六平太にも声をかけた。

「無論でございます」

徹太郎と顔を合わせてはいたが、道場では私事のやり取りなど出来るはずもなく、目礼を交わしただけであった。

「失礼いたします」

現れた徹太郎が、縁に座って手を突いた。

「堅苦しいことはなしだ、なしだ」

庄三郎が、笑って右手を打ち振った。

「恐れ入ります」

手を上げた徹太郎だが、

「こちらに秋月様がいらしていると伺いましたので、お知らせ方々ご挨拶をと存じまして」

物言いは、妙に改まっていた。

「この夏、江戸参勤を終えて帰参なされる殿様の列に加わり、わたくしも国元にお供することとなりました」

やはり改まった口調で、徹太郎が続けた。

「国元に戻りますと、わたくしはそのまま信濃に留《とど》まることに相成ります」

そう口にした徹太郎は、両手を太腿《ふともも》に置いて小さく頭を下げた。

「そうか」

庄三郎が、呟《つぶや》くような声を洩《も》らすと、

「徹太郎は、江戸に来て何年になったのかの」

と、小さく首を傾《かし》げた。

「二年になります」

徹太郎が明快に返答した。

二年前というのは、天保二年（一八三一）のことである。

文政《ぶんせい》十三年は、年が押し詰まった十二月に改元されたのだが、二十日ばかりで天保元年は終わって、その翌年は天保二年になった。なにやら慌ただしかったその頃のことを、六平太はよく覚えていた。

信濃生まれの徹太郎が、国元から江戸勤番となったのは、天保二年の五月のことだった。

「十河藩の国元には、園田勘七《そのだかんしち》が行っておるな」

庄三郎が、六平太の幼馴染《おさなじ》みの名を、ぽつりと口にした。

園田勘七はもともと江戸屋敷の勘定方を務めていた。

今を遡《さかのぼ》ること十五年ほど前、藩を二分する改革派と守旧派の対立の渦に巻き込まれた秋月家は、謂《いわ》れのない謀反の罪を突き付けられてお家を追われたのである。

隠居していた父、武右衛門《ぶえもん》は切腹して果て、六平太は、父の後添えになった多喜《たき》と、その連れ子の佐和《さわ》とともに、浅草元鳥越《もととりごえ》での長屋住まいをせざるを得なくなった。

そんな六平太を気にかけ、変わらぬ友情を示してくれたのが勘七だった。

藩内の対立はその後も続き、勘七も荒波に巻き込まれたが、四年前、守旧派は失政を問われて敗北し、十河藩は新しい体制で船出をしていた。

園田勘七はその年、財政立て直しのために、国元の勘定方として赴任していたのだ。

「あれから、もう四年か」

しみじみと呟いた庄三郎の声に、

「はい」

呟くような声で六平太が応えた。

「園田様にお言付けなどございましたら、なんなりと承りますが」

「徹太郎が江戸を去るまで、まだ、二月ほどある。なにかあれば、気に掛けておくよ」

六平太は、徹太郎に笑顔を向けた。

「江戸を離れるまでは、出来るだけ道場に通い、先生はじめ、秋月様や矢島新九郎様の御指南を仰ぐつもりでおりますので、ひとつ、よろしくお願い致します」

徹太郎は律儀に両手を突いた。

「おう。分かったよ」

伝法な口ぶりで返事をして、六平太はにやりと笑みを浮かべた。

相良道場を辞した六平太は、門を出たところで、芝、愛宕下《あたごした》にある上屋敷に戻るという富坂徹太郎と別れた。

六平太は、道場前の道を、御先手組《おさきてぐみ》屋敷が建ち並ぶ四谷坂町《さかまち》の方へと下った。

このまま、音羽《おとわ》へ行くつもりである。

十年ほど馴染んだ、おりきという情婦が住んでいる音羽に、六平太は通い続けていた。

しかし、このところ、頻繁に足を向けることが憚《はばか》られるのだ。

今年、十五になる倅《せがれ》の穏蔵《おんぞう》が、音羽の顔役とも言える毘沙門《びしやもん》の甚五郎《じんごろう》の身内になっていた。

毘沙門の若い衆は、六平太が穏蔵の父親だとは知らないが、おりきは知っているし、甚五郎にしても、薄々気づいていると思われた。

親馬鹿と見られるのが、なんとも癪《しやく》である。

武家地や町家の入り交じった、起伏に富んだ道に西日が射していた。

七つを四半刻《しはんとき》（約三十分）ばかり過ぎていたが、まだ昼のような輝きである。

蚊帳《かや》売りや簾《すだれ》売りが何人か、張り合うような売り声を上げて通り過ぎて行った。

牛込改代町《かいたいまち》を通り、関口水道町《せきぐちすいどうちょう》から江戸川橋《えどがわばし》を渡った先が、音羽の桜木町《さくらぎちょう》である。

六平太は、護国寺《ごこくじ》の山門へ通じる、広く緩やかな坂道をほんの僅《わず》か歩くと、四つ辻《つじ》を左に折れて目白坂《めじろざか》を雑司《ぞうし》ヶ谷《や》の方へと上った。

坂の途中にある目白不動《めじろふどう》の少し手前が関口駒井町《こまいちょう》と言い、団子屋と念珠屋の間の小路を左に入ったとっつきに、おりきの家があった。

戸口の戸に手を掛けると、すんなり開いた。

「居るかい」

入り口の土間に足を踏み入れて、六平太が奥に向かい声を掛けた。

家の中はしんとして人の気配はなく、返事もない。

髪結いの仕事でこの刻限まで長引くことは滅多にないのだが、買い物に出たか、あるいは別の用で出掛けているのかもしれない。

留守の家で待ってもしょうがない——腹の中でひとりごちた六平太は、家を出た。

音羽を歩いていれば、おりきとばったり出くわすこともある。

とりあえず、甚五郎の家に顔を出そうと目白坂を下った。

甚五郎は音羽の顔役だが、香具師《やし》や博徒の類ではない。もともとは、岡場所を守る役目を担っていたのだ。

吉原《よしわら》は幕府公認の遊郭であったが、それ以外の遊郭は岡場所と呼ばれて、単に目こぼしに与《あずか》っていただけで、火事を出したり犯罪が起こったりすれば営業停止となる宿命を抱えていた。

品川《しながわ》はじめ、根津《ねづ》、深川《ふかがわ》、板橋《いたばし》などの遊郭は、火事や犯罪の防止に躍起となった。音羽で、その役を担っているのが甚五郎である。

甚五郎の筋の通った仕事ぶりや人柄は、音羽界隈《かいわい》の人望を集め、今では、護国寺はじめ近隣の大寺の庭や造作の補修、修繕も請け負い、境内の催し物の警備にも若い者を差し向けている。

そんな八面六臂《はちめんろっぴ》の働きぶりが、夜叉《やしゃ》を率いて北方を守護すると言われる毘沙門天に似ていることから、毘沙門の親方とも、住まいのある町名から、桜木町の親方とも呼ばれている。

その甚五郎の家を間近にして、六平太にふっと迷いが出た。

甚五郎の家には、穏蔵が住み込んでいるのだ。

日本橋の絹問屋に奉公していた穏蔵が、お店《たな》や仕事に馴染めずに奉公先を飛び出したのが、今年の二月のことだった。

飛び出した穏蔵が頼ったのは、六平太が懇意にしている雑司ヶ谷の竹細工師の作蔵《さくぞう》だった。

六平太はもとより、作蔵や穏蔵の養父、豊松《とよまつ》と顔を突き合わせて、今後のことを話し合ったのだが、結論は出なかった。

それからしばらくして、穏蔵が毘沙門の一党に加わりたい意思を持っていると分かり、甚五郎に受け入れられたのだった。

それが四月のことだった。

すぐに音を上げるに違いないと踏んでいたのだが、半月ほども仕事を続けているのは、六平太にすれば意外だった。

以前は、なんの屈託もなく飛び込んでいた甚五郎の家だが、穏蔵がいるとなるとそうはいかない。

やぁめた――腹の中で呟くと、六平太は甚五郎の家の裏手に回った。

桜木町から始まる広い緩やかな坂道は、音羽九丁目から一丁目へと北に延びて護国寺門前に至るのだが、その一本西の小路も大通りと並行して北に伸びており、同じように護国寺へと通じている。

西側の小路に回った六平太は、水音を立てている小川を左に見ながら、音羽九丁目からの緩い坂道を八丁目の方へと向かった。

二

小路はかなり日が翳っていた。

刻限はまだ六つ（六時頃）前だが、小川の西には関口の台地があって、早々と西日を遮って、辺りを日陰にしてしまうのだ。

日陰だが、この時刻の小路はいつも賑《にぎ》わう。

主だった料理屋、妓楼《ぎろう》、旅籠《はたご》が軒を並べる表通りにも引けを取らないほど混み合うこともある。

四季を通して風光明媚《ふうこうめいび》な護国寺の庭園には、江戸の者だけではなく、近郷近在から多くの行楽客や参拝客が訪れる。

小路には、手ごろな値で買える小間物、薬など旅の必需品を売る小店《こだな》があるし、安くて旨《うま》い食べ物屋、居酒屋があって、夕刻ともなれば、仕事を終えた出職の者、担ぎ商いの連中も押し掛けて来る。

九丁目と八丁目の境の小路を通り過ぎたところで、五間（約九メートル）ほど先の軒下に下がった『吾作《ごさく》』と書かれた古提灯《ふるぢょうちん》に、六平太は眼を遣った。

戸の開け放された入り口から、煮炊きの煙が路地に流れ出ていた。

「いらっしゃいまし」

『吾作』に足を踏み入れた六平太に声をかけたお国《くに》が、すぐに笑みを浮かべて会釈をした。

「菊次《きくじ》さん、秋月様ですよ」

お国は板場に声を掛けると、料理の皿を三人連れの客の所に運んで行った。

「一人ですか」

主《あるじ》であり、板場を預かる菊次が、六平太の方に首を伸ばして尋ねた。

「おりきが家にいねぇから、暇つぶしに寄ってみたんだ。飯はいいよ」

「その辺に掛けて下さい。酒ぐらい出しますよ」

酒を期待した訳ではないが、六平太は菊次に勧められるまま、空いていた飯台の前の樽《たる》に腰掛けた。

三人連れの客の他に、担ぎ商いの男が二人、それぞれの場所で肴《さかな》を摘《つ》まみ、酒を飲んでいた。

奥にある小部屋に行ったお国が戻って来ると、その後ろから、倅の公吉《こうきち》が空いた器を抱えて現れた。

「手伝いか」

「うん」

公吉は六平太に笑みを向けると、母親に続いて板場に入って行った。

お国がすぐに出て来て、六平太の前の飯台に湯呑《ゆのみ》を置いた。

「菊次さんからです」

お国が小声でそう言うと、

「酒だよ」

と、板場から顔を突き出した公吉が付け加えた。

「せっかくの厚意だ。いただくよ」

板場の方に声を掛けて、六平太は酒を口に含んだ。

「公吉、まだ奥の部屋の片づけがあるよ」

声を掛けると、お国は公吉ともども奥の小部屋の方に去った。

母子《おやこ》を笑って見送った六平太の眼に、外から入って来る黒い影が飛び込んだ。

がっしりとした体格の人影に見覚えがあった。

「やっぱりここでしたね」

笑み混じりで六平太の方に近づいてきたのは、毘沙門の甚五郎だった。

「若い者が、秋月さんが桜木町を素通りしなすったなんて言うもんですからね」

にやりと笑って、甚五郎は向かいに腰を下ろした。

「親方、冷やにしますか」

板場から菊次の声がした。

「おう。ありがたいね」

甚五郎が応えると、へいと、菊次の弾む声がした。

「あ。桜木町の」

公吉と共に奥から現れたお国が、水桶《みずおけ》を手にしたまま軽く頭を下げた。

「公吉はよく働くそうだな」

甚五郎の声に、公吉が満面の笑みを浮かべた。

「菊次さんに迷惑ばっかりかけてまして」

お国が謙遜すると、

「そんなことはねぇよ」

板場から出てきた菊次が、甚五郎の前に湯呑を置くと口を尖《とが》らせた。そして、

「実はね、お国さんが灰買いをやめるなんて耳にしたもんで、なんならここで働いてくれないかと声を掛けたら、へへへ、来てくれることになりまして」

まるで言い訳でもするように、菊次が六平太に切り出した。

菊次が店の手伝いにお国を望んでいるらしいことは、以前、甚五郎の口から聞いていた。

母子二人暮らしのお国は、灰買いの仕事に出掛けるたびに公吉を伴わねばならず、難儀していた。かと言って、長屋に一人置くのも、誰かに見てもらうのも気が引けていたのだ。

「働いてくれるなら、公吉ともども店に通って来ればいいと菊次さんに言っていただきましたので、ここで働くことに決めました」

お国は嬉《うれ》し気に心情を吐露した。

「人手の欲しい菊次と、お国さんの都合が、ぴったりと嵌《はま》ったってことですよ」

「なるほど」

六平太は、甚五郎の説明に返事をすると、湯呑を口に運んだ。

「公吉、表に水を撒《ま》くよ」

声を掛けられた公吉は、桶を手にしたお国に付いて表へと出て行った。

「お代はここに」

飯台に銭を置いた担ぎ商いの男は、西日の色に染まった小路へと出て行った。

入れ替わりに入って来た男を見て、

「政三《まさぞう》さん」

と、菊次が板場から出て来た。

「この前から言っていた、研ぎに出したいという包丁を受け取りに来ましたよ」

菊次から政三と呼ばれた男が、板場近くに立った。

「わざわざすまないね」

「なぁに、こっちに用事があったついでですよ」

四十を幾つか越したと思える政三は、柔和な顔に笑みを浮かべた。

「ちょっと待ってくれ」

菊次は急ぎ板場に入った。

表に水を撒き終えて戻ったお国と公吉も、板場に入った。

「あ、こりゃ、毘沙門の親方」

政三が、六平太の向かいの甚五郎に気付いて、軽く腰を折った。

「秋月さん、この人は政三さんと言って、腕のいい包丁鍛冶《かじ》なんですよ」

甚五郎によれば、護国寺の西、雑司ヶ谷村は七面大明神《しちめんだいみょうじん》脇の鍛冶師、善助《ぜんすけ》のもとで働く職人だという。

「これなんだがね」

菊次が、板場から持って来た出刃包丁を、政三に手渡した。

ほんの少し包丁を見ていた政三が、

「分かりました」

と、出刃包丁を布に巻いた。

「政三さんの包丁はよく切れると評判らしいね」

お国が褒めると、

「そんな」

政三は、困ったように片手を打ち振った。

「謙遜には及ばねぇよ。使ってる連中は、政三さんの包丁は手放せないと口にしているくらいだ」

菊次は、真顔で大きく頷《うなず》いてみせた。

六つを過ぎた大通りには明るみがあった。

音羽九丁目から護国寺門前へと貫く大通りの左右に店を構える商家はそろそろ大戸を下ろす刻限だが、料理屋や旅籠、それに酒を出すような小店が提灯や雪洞《ぼんぼり》に灯をともす頃おいでもある。

「じゃ、わたしはここで」

六平太と甚五郎に付いて、『吾作』を後にした政三が、大通りに出たところで足を止めると、

「わたしは向こうの方ですんで」

護国寺の方へと足を向けた時、

「なにごとだよ」

甚五郎が、通りかかった荷車に声を掛けた。

幾つもの酒樽を積んだ荷車を曳《ひ》いていた若いお店者《たなもの》が止まり、押していた男二人も足を止めた。

「親方じゃありませんか。あ、秋月さんまで」

頭のてっぺんから声を出したのは、車を押していた毘沙門の若い衆、六助《ろくすけ》だった。

その隣で押していた穏蔵が、戸惑ったように頭を下げた。

何か言おうとした六平太だが、毘沙門の若い衆らしく働いている穏蔵の姿を眼の当たりにした途端、声を失った。

「引き取った空の樽ばかりだそうですが、一人で難儀してたんで、店まで押してやろうかと思って」

六助が、車を曳いていたお店者を手で示した。

「お前、うちにも時々酒樽を運んで来る、ええと」

「『伊勢屋《いせや》』の者です」

返事をした若者が、甚五郎に頭を下げた。

「おう、そうそう『伊勢屋』だ」

甚五郎が頷くと、

「卯平《うへい》っていうんですが、年が近いせいか、穏蔵と仲が良くなりましてね」

六助が説明して、穏蔵と卯平がともに頷いた。

「あ、政三さんじゃないか」

突然、女の声がした。

訝《いぶか》るような眼を卯平の方に向けていた政三が、はっとして声の方に体を向けた。

食べ物屋の表で水を撒いていた襷掛《たすきが》けの老女が、政三に話しかけた。

「うちのがさぁ、明日にでも政三さんに来てもらいたいなんて言ってるんだけどさぁ」

「それじゃ、明日と言わず、これから行きますよ」

俄《にわか》に笑みを浮かべた政三は、甚五郎たちにそれじゃと会釈をし、老女に続いて食べ物屋の中に入って行った。

「店に戻るんなら、もう行きな」

甚五郎の声に、へいと返事をした六助は穏蔵と並んで、卯平の曳く荷車を押して行った。

六つ半（七時頃）を過ぎたおりきの家に、ようやく、夜の帳《とばり》が降り始めた。

縁に腰掛けた六平太は、風呂上がりの火照った体を川風で涼ませていた。

小さな庭の向こう側を流れる江戸川から、水音が聞こえている。

いつもはよく見える川の対岸の関口水道町や中里村《なかざと》は、暗く霞《かす》んでいた。

六助と共に『伊勢屋』の荷車押しをした穏蔵と顔を合わせた後、六平太は桜木町の甚五郎の家に立ち寄ったのだが、ほんの寸刻居ただけで、関口駒井町に戻って来た。

家には既におりきが帰って来ており、

「やっぱり六平さんだったたね」

と、笑った。

大塚《おおつか》の櫛屋《くしや》からの帰り、

「秋月の旦那が音羽においでですね」

と、妓楼の顔馴染みの男衆に声を投げられたという。

夕刻、江戸川橋を渡る六平太を見かけたと、男衆が口にしたのだとおりきは笑い、家に帰るとすぐ風呂を沸かしておいたのだと言った。

「それじゃ、ひとっ風呂浴びたら『吾作』に行こうじゃないか」

六平太はおりきにそう持ちかけた。

「もしよかったら、おりきさん共々、菊次の店で暑気払いなど如何《いかが》です」

桜木町からの帰り際、甚五郎に誘われたことを口にすると、

「そりゃぁ、いいね」

おりきは乗って、一緒に風呂に入ることにした。

湯に浸かったものの、あまりの熱さに閉口した六平太は、桶の湯を二、三杯体に掛けただけで、先に風呂場を出ていたのだ。

「お待たせしましたね」

首の辺りの汗を手拭いで押さえながら、浴衣を着込んだおりきが縁に現れた。

白地に紺色の花柄が染められた浴衣を結ぶ緋色《ひいろ》の縮緬《ちりめん》の扱《しご》きが、暗がりの中、やけ

に鮮やかに浮かび上がっている。

「さて、行くとするか」

六平太は立ち上がり、自分の浴衣の裾を揃《そろ》えた。


目白坂に出ると、桜木町や音羽九丁目、八丁目辺りの明かりが眼下に広がっていた。

六平太とおりきは、並んで坂を下りた。

坂道を風が通り、おりきに持たされた団扇《うちわ》は使い道がなかった。

関口駒井町を出てからほんのわずかで、八丁目の居酒屋『吾作』に着いた。

「いらっしゃいまし。お待ちですよ」

店に足を踏み入れた六平太とおりきに声を掛けたお国が、先に来ていた甚五郎のいる飯台に案内してくれた。

客は五分ほどの入りだった。

「大して待っちゃいませんよ」

甚五郎は、向かいに並んで掛けた六平太とおりきに笑みを浮かべた。そして、

「料理は、ここの主に任せることにしましたから」

と、板場の方を顎で指した。

六平太とおりきに異存はなかった。

「お待たせしました」

あらかじめ支度をしていたらしく、お国が人数分の肴の小鉢とぐい飲み、それに二合徳利《とっくり》を一本並べた。

「公吉はどうしてるんだい」

「奥の小部屋で寝かせてもらってます」

お国は、尋ねた六平太に小声で答えた。さらに、

「菊次さんのお蔭《かげ》で助かってます」

とも付け加えて、三人の席を離れた。

「最初の一杯だけはわたしが」

たっての申し出を受けて、六平太とおりきは甚五郎の酌を受けた。

「それじゃわたしも最初だけ」

おりきが甚五郎に酌をして、三人はぐい飲みに口を付けた。

「さっき、親方の所に寄ったっていうのは、なにごとだったんです」

手酌をしながら、おりきが尋ねると、

「おりきさんの家に向かう途中だし、お寄りになりませんかと、わたしがお誘いしたんですよ」

代わりに甚五郎が返答した。

「それでまぁ、住み込みの若い衆が寝泊まりしてる部屋を見たんだ」

六平太が打ち明けた。

桜木町の甚五郎の家に住み込んでいるのは、弥太《やた》と竹市《たけいち》、それに今年二十の寅松《とらまつ》という若い衆と穏蔵の四人で、所帯を持っている若者頭の佐太郎《さたろう》はじめ、六助、二十になる三五郎《さんごろう》ら三人の若い衆を含めると、五人は通いだった。

先刻、竹市と共に寝起きをしている穏蔵の部屋を覗かせて貰《もら》ったが、案外小綺麗《こぎれい》にしていることに、内心ほっとしていた。

お国が、いんげん豆と茄子《なす》の煮物、白瓜《しろうり》や刻んだ生姜《しょうが》と紫蘇《しそ》を絡めたサヨリの膾《なます》を運んで来た。

「お国さん、徳利をもう一本頼むよ」

甚五郎の注文に、はいと答えてお国が去った。

「穏蔵さんには会えたんですか」

「いや。その前に、表通りで顔は合わせたがね」

六平太は、他人事《ひとごと》のような物言いをした。

「実はね、おりきさん」

甚五郎は、六助と穏蔵が、酒屋の『伊勢屋』の荷車を曳く小僧の手助けをしていた一件を話して聞かせ、

「どうやら、穏蔵は『伊勢屋』の小僧と親しくなったようだよ」

と、笑みを浮かべた。

「名前は知りませんが、穏蔵の野郎が、年格好の似た男と立ち話しているのを見かけたことがありますよ」

板場の方から菊次の声が飛んで来た。

「若い穏蔵さんが、毘沙門の身内とだけじゃなく、近所の者とも親しくするのはいいことですよ。だって、世間を広げているってことだもの。ですよね、六平さん」

と、おりきが意味ありげに話を振った。

「ま、そうだな」

六平太は、残っていた酒をぐいと飲み干した。

折よく、お国が徳利を飯台に置いて行った。

「さっき、六助と『伊勢屋』の小僧の話をしていたら、佐太郎が卯平って小僧のことを知っていましたよ」

そう口にした甚五郎が、六平太に徳利を向けた。

すると、六平太は思わずぐい飲みを差し出した。

「あ、すまん」

「いいじゃありませんか」

六平太のぐい飲みに注《つ》ぎ終えると、甚五郎が話を続けた。

卯平は二年前、甚五郎が営む口入れ屋『八《や》つ手庵《であん》』に仕事の斡旋《あっせん》を頼み、音羽五丁目の酒屋『伊勢屋』の小僧になったのだという。

卯平が初めて『八つ手庵』に現れた時、居合わせていた佐太郎は、その後も気に掛けていたらしい。

佐太郎というのは、毘沙門の若者頭を務める甚五郎の右腕である。

「確か、卯平の生まれは川越《かわごえ》だと佐太郎は言ってました。つい先日も、『伊勢屋』の番頭から、よく働く小僧さんを斡旋してもらったと、お礼を言われたようですよ」

そう言って、甚五郎は煮物を口にした。

「穏蔵さんの友人としちゃ、文句のつけようがないんじゃありませんか。ねぇ」

と、おりきが六平太の顔を覗き込んだ。

聞こえないふりをして、六平太はぐい飲みを口に運んだ。

その時ふいに、甚五郎が戸口に眼を遣った。

何気なく六平太たちの飯台に近づいて来たのは、佐太郎だった。

「四丁目の『春日楼《かすがろう》』で、酔った客が刃物を振り回しているようです」

佐太郎が、甚五郎の耳元で囁《ささや》いた。

『春日楼』は、音羽の妓楼の名だった。

「『春日楼』には、急ぎ六助と弥太を走らせました」

佐太郎が耳打ちすると、

「おれも行く」

甚五郎が腰を上げ、

「そういうわけですから、秋月さん、勘定のことは気にせず飲んで行って下さい」

きりりと辞儀をすると、佐太郎を従えて足早に表へと向かった。

「親方が出張れば、すぐに片付くさ」

板場から出てきた菊次が、戸口の方を見てきっぱりと口にした。

その横に並んで立ったお国が、菊次の言葉に相槌《あいづち》を打った。

三

翌朝、六平太は、台箱を下げたおりきとともに関口駒井町の家を出た。

目白坂を下る二人の真正面に、朝日が昇っている。

今朝早くから髪結いに出掛けるということは、昨夜、おりきから聞いていた。

護国寺門前、東青柳町《ひがしあおやぎちょう》の仏具屋の娘が祝言を挙げるというので、その髪結いを頼まれているという。

六平太には特段、浅草、元鳥越に帰らなければならない用事はなかったが、出掛けるおりきに合わせて、音羽を後にすることにした。

神田岩本町《いわもとちょう》の口入れ屋『もみじ庵《あん》』に顔を出す気になった六平太は、東青柳町から富士見坂《ふじみざか》を上り、大塚仲町《なかまち》から小石川を通り、お茶《ちゃ》の水《みず》へと抜ける腹だった。

桜木町を左へ曲がると、はるか前方に、朝日を浴びて輝く護国寺の山門が望めた。

山門に向かう広く長い坂道は、すでに多くの人々の往来があった。

音羽五丁目に差し掛かったところで、六平太はふっと歩を緩めた。

なにか、と、おりきが問いかけるような眼を向けた。

だが、六平太は黙って、少し前方に眼を遣っていた。

石燈籠《いしどうろう》の陰にさり気なく身を隠した包丁職人の政三が、道を挟んだ反対側を窺《うかが》っていた。

「なにごとだね」

六平太が、何気なく声を掛けた。

政三は、声の主が六平太だと気付くと、

「あ」

と、声にならない声を出し、ぎくしゃくと会釈をしながらその場を離れた。

「誰なんです」

「菊次が懇意にしている包丁鍛冶さ」

おりきにそう返事をすると、政三が窺っていた方へ眼を遣った。

道を挟んだ向かい側には、酒屋の『伊勢屋』があり、四人の奉公人が、店先に停《と》めた荷車に酒樽を積んでいた。

その中に、卯平の姿があった。

「お」

六平太の口から、思わず声が出た。

「知り合い？」

おりきに尋ねられると、

「瓜実顔《うりざね》の優男が居るだろう。あれが穏蔵の友人の卯平だよ」

六平太は、『伊勢屋』の店先に向けて指をさした。


神田岩本町界隈はほとんどが町家である。

居職の職人の家や小商いをする小店ばかりだが、両国《りょうごく》や日本橋にも近く、その上、荷を運ぶ船が入り込む堀や川もあって、朝は暗いうちから活気のある一帯であった。

その活気は、五つ半ともなると、かなり落ち着いていた。

音羽を後にした六平太は、一刻《いっとき》（約二時間）も掛からずに岩本町に着いた。

藍染川《あいそめがわ》沿いの道に面した『もみじ庵』の暖簾《のれん》を分けて入ると、

「おや、お珍しい」

帳場で算盤《そろばん》を弾《はじ》いていた親父の忠七《ちゆうしち》がじろりと眼を上げ、抑揚のない声で六平太を見迎えた。

「付添いの仕事をして、『もみじ庵』を儲《もう》けさせてやろうと思ってさ」

「それは願ったり叶《かな》ったりでございました。明日の五月四日と、五日の端午の節句と二日続けて、別々の付添いの口がございます」

六平太の軽口に動ずることなく、忠七は帳場格子に下げてある帳面を取り、机の上で開いた。

「明日は、日本橋の菜種油屋の隠居夫婦の墓参り、五日は、浅草で三味線と箏《こと》を売る主一家の亀戸天神《かめいどてんじん》詣の付添いですが」

忠七は、帳面から顔を上げて、土間に突っ立っている六平太を見上げた。

すぐに飛びつくと、なにやら物欲しげに思われそうで、

「さて、どうするか」

六平太は、つい勿体《もったい》ぶった物言いをして、つるりと頰を撫《な》でた。

「これは何も、秋月様でなければならないという依頼じゃありませんから、他のお方に回してもこちらは一向に構いませんが」

忠七がゆっくりと帳面を閉じた。

「いやいや、何も嫌だというわけじゃないよ。まずは、付添いの行先やら刻限やらを聞かせてもらおうじゃないか」

帳場の框《かまち》に腰掛けると、六平太は忠七に笑みを向けた。


五月五日の端午の節句は、朝から雲に覆われていた。

雲の色は案外明るく、雨が降り出すような気配はなかった。

浅草から亀戸天神詣だから、少々の曇り空のほうが暑さしのぎになっていいのかもしれない。

昨日は、日本橋本町《ほんちょう》から本芝材木町《ほんしばざいもくちょう》河岸《がし》に近い法音寺《ほうおんじ》への墓参をする菜種油屋の隠居夫婦の付添いをした。

行きは日が上ったばかりで、年寄り夫婦はそれほどの暑さを感じなかった。

しかし、帰りは、焦がすような日射しが真正面から老夫婦に突き刺さった。

六平太が、駕籠《かご》を仕立ててはどうかと勧めたが、老爺《ろうや》は歩くと言い張った。

だが、増上寺の手前、芝、金杉橋《かなすぎばし》を渡ったところで、ついに老夫婦は足を止めた。

そこでやっと六平太の意見を聞き入れて駕籠を雇い、日本橋へ戻ったのだった。

一夜明けたこの日付添うのは、浅草、並木町《なみきちょう》にある、『賀澤屋《かざわや》』という、箏や三味線を売る店の主一家である。

「船を雇いましたから、亀戸までは船で行きます」

夜が明けて間もない七つ半（五時頃）、六平太が『賀澤屋』に着くと、三十代半ばの主人からそう聞かされた。

並木町からほど近い大川の、竹町《たけちょう》の渡しに待っていた猪牙船《ちょきぶね》に乗り込んだのは、主人と三つ四つ年下のお内儀、それに七つか八つほどの娘と五つほどの男児、それに十八、九の下女、そして六平太の六人である。

岸を離れた船は、上流に向かって大川橋を潜《くぐ》ると、舳先《へさき》を右に向けて源森川《げんもりがわ》へと入り込んだ。

船は水路に沿って進み、業平橋《なりひらばし》から名を変える横川《よこかわ》に入り、ひたすら南に向かうと竪川《たてかわ》と交わる。

その竪川を左に行けば、水路は亀戸天神の境内の横まで繋《つな》がっていることは、付添い稼業の長い六平太は、当然のことながら知っていた。

船賃さえ出せれば、陸路を行くよりは楽でいいのだ。

端午の節句は、男児のための行事である。

『賀澤屋』の主夫婦は、五つほどの男児の無事と成長を願いがてら、手習いの神様と言われる菅原道真《すがわらのみちざね》を祀《まつ》る天神様にあやかろうと我が子を伴ったのだろう。

本殿へのお参りの後、お札を買い求めた主夫婦は、茶店にも立ち寄らず、船着き場に待たせていた猪牙船に乗り込んで、浅草へと向かわせた。

出がけに乗り込んだ竹町の渡しで船を下りると、

「家は近いので、付添い屋さんはここで結構」

主人からそう言われた六平太は、付添い料の二朱を受け取って、仕事から解放された。

さてどうするか――思いあぐねて見回した時、浅草寺《せんそうじ》から鐘の音がした。

恐らく、正午を知らせる時の鐘である。

六平太は、大川の西岸沿いの道を上流に向かって歩き出した。

久しぶりに、浅草聖天町《しょうでんちょう》に住む妹、佐和の家に顔を出すつもりである。

道の両側には蓆《むしろ》を敷いた露店が並び、菖蒲《しょうぶ》や蓬《よもぎ》、鍾馗《しょうき》の姿を染め抜いた幟《のぼり》が売られており、小間物屋では、端午の節句にちなんだ兜《かぶと》や人形が並んでいた。

六平太は、佐和の息子、勝太郎《かつたろう》のために幟を求め、その先の菓子屋で柏餅《かしわもち》を買って聖天町へ急いだ。

三つの時、八王子《はちおうじ》の蚕屋に養子にやった穏蔵には、節句の祝いなど、親らしいことはなにもしてやらなかった。その償いを、甥《おい》の勝太郎に向けているような気もする。

「いるかい」

路地の奥に建つ平家の戸口に立った六平太が、家の中に声を掛けた。

「はぁい」

中から佐和の声が返って来た。

だが、戸を開けたのは、今年九つになるおきみだった。

「伯父さん、いらっしゃい」

と、笑みを浮かべた。

「兄上、どうぞ」

佐和の声に、

「それじゃ」

と答えて、六平太は土間を上がり、おきみに続いて茶の間に入った。

「散らかっていてすみません」

佐和が、針箱の周りに散らばっていた布切れをひとつに纏《まと》めはじめた。

「おっ母《か》さんにお針の仕事を教わっていたの」

「わたしの仕立直しの仕事を手伝いたいんですって」

針箱を隅に押しやった佐和が、六平太に笑みを向けた。

「おきみちゃん、手に職を持つのはいいことだよ」

六平太は正直な思いを口にした。

佐和のお針の腕前は、実母、多喜の薫陶によるものだった。

六平太にとっては義母だった多喜が死んだあと、佐和との二人暮らしがはじまった。

仕方なく付添い屋を始めたものの、実入りは安定しなかった。

そんな暮らしをなんとか支えたのは、佐和が得る仕立直しの手間賃だったのだ。

「義兄《にい》さん、おいでなさい」

隣りの部屋の襖《ふすま》が開いて、浴衣姿の音吉《おときち》が、膝小僧辺りまでの浴衣を着た、三つになる勝太郎と現れた。

「さっき帰って来て、裏で行水してたんですよ」

白地に紺で、『かまわぬ』と染められた柄の浴衣姿の音吉が、長火鉢の向こう側に腰を下ろした。

「昼間から音吉さんがいるなんてのは、めずらしいね」

「義兄さん、火を使う冬場と違って、夏の火消しはのんびりしたもんですよ」

そう口にした音吉は、浅草、十番組『ち』組の纏《まとい》持ちである。

今朝、一度は『ち』組の頭の家に行ったものの、仕事は昼前に片付いたという。

町火消しは、火事がなければ暇というわけでもなかった。

浅草馬道町《うまみちまち》、花川戸町《はなかわどまち》、田町《たまち》辺りを受け持つ『ち』組は、日ごろから町内のために様々な務めを果たしている。道やどぶの掃除、井戸替えや祭りにも若い衆は駆け付けるし、寺社の用事も請け負う。

火事場に出るか出ないかの違いだけで、音羽の甚五郎の務めとよく似ている。

「そうだそうだ」

六平太は思い出したように、持参した包みを開き、

「鍾馗様の幟は勝太郎にだ。そして、柏餅はみんなに」

幟を勝太郎に持たせ、柏餅は長火鉢の猫板に置いた。

「こりゃ何よりだ。義兄さん、ありがとうございます」

「なんの」

「柏餅頂くなら、お茶淹《い》れますね」

みんなの返事も聞かず、立ち上がった佐和は台所の土間に下りた。

「よかったね、勝ちゃん」

おきみが声を掛けると、広げた幟に見入っていた勝太郎がにこりと頷いた。

おきみは、音吉と死んだ先妻の間に生まれた娘だった。

勝太郎は、佐和が音吉の後添えになってから生んだ子である。

「兄上、音羽には行ってるんですか」

竈《かまど》の火を熾《おこ》しながら、佐和が問いかけて来た。

「あぁ」

そう返答した六平太は、穏蔵が毘沙門の仕事にも馴染み、音羽に男の友人まで出来たことを口にした。

「穏蔵って誰」

屈託のない声を出したのはおきみだった。

「そうね。おきみは会ったことないものね」

佐和が、独り言のように呟いた。

「誰なの」

おきみは好奇心を露《あら》わにした。

「へへへ、伯父さんの知り合いの倅でね。一丁前になれるかどうかの瀬戸際にいる、少し困った男なんだよ」

「兄上、なにもそこまで言わなくても」

佐和に窘《たしな》められて、六平太は小さな苦笑を洩らした。

浅草、元鳥越の『市兵衛店《いちべえだな》』は、鳥越明神の裏手にある。

表通りから小路に入り、角をひとつ曲がると、住人が書いた名札の掛かった、鳥居に似た木戸が立っていた。

「用事がなければ夕餉《ゆうげ》を一緒に」

佐和や音吉に誘われたのだが、六平太は遠慮して、一刻ほど居ただけで聖天町を後にした。

今日は曇りで、それほど汗をかいたわけではないが、二日続けて付添いをした体を湯屋の湯でゆっくりと解《ほぐ》したかった。

木戸を潜ると、六平太は家に行く前に井戸端に立った。

釣瓶《つるべ》を落として引き揚げ、置いてあった桶に水を注ぎ入れた。

懐の手拭いを桶で洗い、絞ってから顔と首筋を拭いた。

「あら、お帰り」

『市兵衛店』の住人、大工の留吉《とめきち》の女房、お常《つね》が、青菜を載せた笊《ざる》を手にしてやって来て、

「ここのとこ、忙しそうじゃありませんか」

笑って六平太の肩を叩《たた》くと、井戸に釣瓶を落とした。

「お蔭様でね」

六平太は、手拭いで腋《わき》の下を拭きながら返事をした。

「向かいの弥左衛門《やざえもん》さんも、ここのところよく出かけているが、行くところがあるというのは羨ましいことですよ」

お常が口にした弥左衛門というのは、この三月から、六平太の隣りに住み始めた男である。

粕壁《かすかべ》で簞笥屋《たんすや》を営んでいたのだが隠居して、若い時分に住んでいた江戸に戻って来たのだと言っていた。

「商人は、隠居してから人生を楽しむそうだ。仕事で出掛けてるおれと弥左衛門さんを同じにされちゃ敵《かな》わないよ、お常さん」

「うちの亭主が隠居したら、わたしら夫婦して飢え死にだよ。大工なんてものは、死ぬまで仕事するしかないね」

ははは と、高らかに笑ったお常は、釣瓶の水を青菜に掛けた。

「あ、秋月さん、お帰りでしたか」

お常の家の向かいから、大家の孫七《まごしち》が出て来ると、

「さっき、といっても一刻くらい前ですが、秋月さんを訪ねて人が見えましたよ。こっちに来る用事があったからと口にしてお出《い》ででしたが」

「名を言ってたかね」

桶で手拭いを濯《すす》ぎながら、六平太は尋ねた。

「ええ。音羽の甚五郎と仰《おっしゃ》ってました」

孫七の言葉に、六平太の手がふっと止まった。

江戸は、結局、一日中雲に覆われたまま暮れて行くようだ。

八つ半（三時頃）過ぎに浅草、元鳥越の『市兵衛店』を出た六平太が、音羽、江戸川に架かる江戸川橋を渡ったのは、七つ半という頃おいである。

晴れていれば夕日に輝く時分だが、音羽一帯はどんよりと翳っていた。

目指す甚五郎の家は、江戸川橋を渡った先にある。

「親方はおいでかね」

甚五郎の家の土間に足を踏み入れると、六平太は息せき切って口を開いた。

土間の隅で、割竹の立合垣《たちあいがき》のようなものを組んでいる穏蔵と、名を知らない若い衆の手元を見ていた佐太郎が、

「こりゃ秋月さん」

と、腰を上げた。すると同時に、

「聞こえましたよ」

奥から甚五郎が現れた。

「さっき、長屋を訪ねてくれたと聞きまして」

六平太が口を開くと、

「ちょっと、外へ出ましょう」

土間の履物に足を通した甚五郎は、六平太の先に立った。

四

甚五郎に案内された先は、音羽八丁目の妓楼『五十鈴《いすず》』の裏口だった。

夕暮れ時が近くなると、妓楼の表は女を求める男たちの出入りが多くなる。

裏木戸から入った甚五郎は、迷うことなく台所脇の戸を開けて、六平太を先に中に入れた。

六平太が、甚五郎に続いて土間を上がった時、

「こりゃ親方」

台所から出て来た初老の男が、半纏《はんてん》の裾を軽く翻して足を止めた。

「番頭さん、お慶《けい》はいるかい」

「女将《おかみ》さんは、たったいま用があって出かけられましたが」

番頭と呼ばれた初老の男が、甚五郎にそう返事をした。

妓楼『五十鈴』の女将は甚五郎の情婦だと耳にしたことはあったが、会ったことはなく、お慶と言う名も初めて耳にした。

「すまねぇが、空いてる部屋がねぇかね」

「女将さんの部屋をお使いになったらいいじゃありませんか」

「いや。こちらと混み入った話があるもんでな」

甚五郎が番頭に、六平太を手で指し示した。

「そしたら、こちらへ」

番頭は六平太と甚五郎の先に立ち、廊下を二つ曲がったところに案内した。

「ここはいかがです」

そう言って番頭が開けた部屋は、長持の他に火鉢や行灯《あんどん》が置いてある納戸だった。

「あぁ。ここでいい」

中を覗《のぞ》いた甚五郎はそう返事をして、六平太と共に納戸に入った。

「なにか、茶でもお持ちしますか」

廊下に膝を突いた番頭が伺いを立てると、

「いや。話が済むまで誰も近づけないでもらいたい」

甚五郎の声に、黙って頷いた番頭は、外から板戸を閉めた。

「親方、混み入った話というと」

向き合うとすぐ、六平太は甚五郎に尋ねた。

「実は、この前引き合わせた、包丁鍛冶の政三のことなんですよ」

甚五郎は、雑司ヶ谷村の七面大明神近くの鍛冶屋の親方、善助から愚痴をこぼされたと、静かに口を開いた。

　善助が言うには、政三が突然、暇を貰いたいと申し出たという。

　包丁の出来が良く、評判も良い政三に辞められるのは親方にすれば痛手だが、善助の困惑はそのことではないというのだ。

「こっちに至らないことがあるなら改めるから、言いたいことがあるならなんなりと言ってくれ」

　善助は、そうまで口にした。

　だが、政三は、何も文句があるわけではないと繰り返すだけだった。

　どうしても辞めたいというのなら仕方のないことだが、善助としては、辞めたいというその訳が分からないでは心持ちが良くないのだと、甚五郎に訴えたのだ。

「それで昨日、政三を護国寺の境内に呼び出して、善助さんの思いを伝えたんですよ。政三は俯《うつむ》いたまましばらく黙り込んでいたんですが、とうとう、重い口を開きました」

　静かに語る甚五郎を、六平太は黙って見ていた。

「わたしの本当の名は常次郎《つねじろう》といいます。名を変えたのは、十二年前、人を一人、死なせたからなんです」

　政三は甚五郎に、思いもよらないことを告白した。

川越の包丁鍛冶の親方の家に住み込んでいた政三は、そのころ二十代半ばの親方の女房と密通していたという。

それが親方に知れて、激しく詰《なじ》られ、遂《つい》には摑《つか》み合いの喧嘩《けんか》になって、政三は酒に酔った親方を押し倒した。

倒れたはずみに、長火鉢の角で頭を打ったのがもとで、親方は死んだのだった。

「わたしは、その夜のうちに川越を逃げ出しました。何年か諸国をさすらった末に、雑司ヶ谷の善助親方を訪ねて、雇ってもらいました」

政三は、甚五郎にそう打ち明けていた。

「十年以上も前のことで、今になって辞めると言い出したのに得心がいきませんが」

六平太は、ぽつりと口にした。

「わたしもそのことを尋ねましたよ。すると」

言いかけた甚五郎が、大きく息を吐いた。

「わたしが死なせた親方には、当時、五つになる男の子がおりました。その子の名が卯平だというのは、一時も忘れたことはございません」

政三はそう告白したという。

「その同じ名の男を、この前、音羽の表通りで眼にしたんでやす」

政三が口にしたこの前というのは、毘沙門の若い衆の六助と穏蔵が、酒屋の荷車押しの手伝いをしているのを見た日のことだった。

その時、政三は六平太と甚五郎と共に、荷車を曳く『伊勢屋』の小僧が、卯平という名だと知った。

名は同じでも、親方の倅の卯平かどうか、政三は分からなかった。

酒屋の小僧の卯平には幼いころの面差しは窺えず、政三は翌朝、顔を確かめるために『伊勢屋』の表を窺ったという。

その様子を、六平太はおりきとともに見ていた。

「あの卯平は、間違いなく、棟梁《とうりよう》の忘れ形見です」

政三は、五つになってすぐの卯平が、顎の下に火傷《やけど》を負ったことを知っていた。

火傷の痕《あと》があるのを、先日の朝、政三は確かめたのだった。

「わたしはね親方、卯平が音羽に居たのは、ただの偶然だとは思えないんですよ」

と、甚五郎に語り始めたという。

「父親を死なせた常次郎という男が、どうやら江戸の音羽にいるらしいと耳にしてやって来たのに違いありませんよ。ここには護国寺さんがありますから、江戸から離れたところからも、参拝の人、江戸見物の人たちが集まります。おそらく、川越から来た誰かが、わたしを見かけたと触れ回ったんだと思います」

淡々と口にした政三の推量は、当たらずとも遠からずだと、六平太には思えた。

「秋月さん、政三は、卯平が父親の仇《かたき》を討ちたいというなら、討たれてもいいと言うんですよ」

甚五郎は、昨日、政三から聞いた内容を六平太に告げた。

「ただ、そのことで、卯平に罪科が及ぶとすれば忍びないとも言うんです。情けが仇《あだ》になることを恐れているんです。思い悩んだ政三は、どうしたらいいかと、相談する気になったというんですが、わたしも困ってしまいまして、ここはひとつ秋月さんの知恵を借りようかと、『市兵衛店』を訪ねたようなわけで」

甚五郎が、困り切ったような眼を六平太に向けた。

「おれにしても、妙案なんぞ浮かびませんがね」

六平太は、正直に打ち明けた。

「ただ、徳松《とくまつ》親分の下っ引きに付いてもらい、佐太郎を川越に行かせました。十二年前の政三の人殺しがどんなものだったか、きちんと分かってからじゃないとこの後の始末はつけられないと思いまして」

甚五郎の考えに、六平太も同感だった。

桜木町に戻ると言う甚五郎と妓楼『五十鈴』の裏口で別れた六平太は、小路を北へと向かった。

『五十鈴』の裏口から半町ほど行ったところに居酒屋『吾作』がある。

提灯に火は入っていないが、暖簾が下がり、開けっ放しの戸口から煮炊きの煙が流れ出ているところをみると、店は開けているようだ。

「兄ィ、こっちに来てたんですか」

店の中に足を踏み入れた途端、板場から菊次の声が飛んだ。

「うん。ちょっと野暮用だよ」

甚五郎と話し合った一件は伏せた。

「お国さんの姿が見えないが」

「これからが忙しくなるし、今のうちに公吉と湯屋へ行かせたんですよ」

包丁を動かしながら口にすると、

「冷や酒でも飲みますか」

菊次が、手を止めて尋ねた。

「どうするかなぁ」

店の中に客の姿はなく、六平太は、空いていた樽に腰を掛けた。

その時、戸口から男の影が入って来た。

「あ、こりゃ」

六平太に会釈をした影は、政三だった。

「菊次さん、包丁の研ぎ直しを持って来たよ」

政三は、持参した布の包みを板場の方に掲げて見せた。

「わざわざ悪いね」

板場から出て来た菊次は、政三から受け取ると、包丁を巻いていた布を外した。

「いいね」

親指の腹を刃先に当てた菊次から、満足げな声が出た。

「おれにも」

六平太がそう口にすると、菊次が包丁を手渡してくれた。

研ぎの善《よ》し悪《あ》しはよく分からないが、刃紋もあって、いかにも切れそうな輝きがあった。

「菊って、刻印入りか」

六平太が呟いた。

「おれの名が菊次だから、政三さんが気を利かせて彫ってくれたんですよ」

「いや、菊次さん、それは違うんだよ」

政三が、小さく右手を打ち振った。

「えっ、だって」

六平太の手から包丁を受け取ると、刻印を指さして、政三は眼を白黒させた。

「わたしが教わった包丁鍛冶の親方の名が、菊松《きくまつ》と言うんだよ。その親方が亡くなってからというもの、菊の一文字をわたしの刻印にしてるんだよ」

政三は、しんみりと口にした。

「なんでまた」

菊次が、ぽつりと尋ねた。

「包丁鍛冶として、今日までやって来られたのは、やっぱり親方のお蔭だし、それに」

そこまで口にして政三は俯き、そして黙り込んだ。

「なんだ。てっきりおれの名の菊だと思っていたのによっ」

菊次が笑いながら口を尖らせた時、

「ただいま」

手拭いを入れた桶を抱えたお国が、公吉と共に外から入って来た。

「それじゃわたしは」

「政三さん、研ぎの代金を」

菊次が呼び止めると、

「それは、またついでの時に」

そう返事をした政三は、店内の一同に軽く辞儀をして『吾作』を出て行った。

関口駒井町のおりきの家は、すっかり夜の闇に包まれている。

ほんの少し開けている障子の隙間から、庭で焚《た》く蚊遣《かや》りの煙が入り込んでいる。

煙と共に、大洗堰《おおあらいぜき》を流れ落ちる川の音も入り込んでいた。

障子を開け放しておけば夜風が入って涼しいのだろうが、蚊に入られるのが厄介だった。

長火鉢を挟んで向かい合った六平太とおりきは、夕餉の膳に残っていたそら豆や蕗《ふき》、焼いたままかりに醬油を垂らした大根おろしを掛けた膾《なます》を肴に、だらだらと冷や酒を飲み続けていた。

それでも二人は、酔ってはいない。

「ん？　いま声がしたね」

おりきがふっと耳を澄ませると、六平太も倣った。

「今晩は」

若い男の声のようだった。

「やっぱりそうだ」

火鉢の縁に両手を突いて立ち上がったおりきが、戸口の方へと行った。

戸を開ける音がすると、小さな話し声もして、やがて、戸の閉まる音がした。

「珍しいお客さんだよ」

そう口にしながら戻って来たおりきの後ろには、穏蔵が従っていた。

「お座りよ」

おりきに促された穏蔵は、六平太の向かいに腰を下ろした。

だが穏蔵は何か思案でもしているように眼を伏せている。

「六平さんが居ることを聞いて来たそうだよ」

穏蔵の横に座ったおりきが、促しでもするように話の口火を切った。

「親方から、お出でだと聞いて、それでちょっとご相談に」

か細い声でそういうと、軽く頭を下げた。

「仕事を替わりたいなんてことなら、聞く耳は持たねぇよ」

六平太は、小指で耳の穴をほじりながら、向かいの穏蔵を眼の端で窺った。

「友達の、卯平のことです」

穏蔵の口から、予期しない言葉が飛び出した。

「この前荷車を曳いていた、『伊勢屋』の小僧か」

「はい」

穏蔵が頷いた。

夕刻、甚五郎から聞いた、卯平の父親と政三に関する昔話が頭を過《よぎ》ったが、

「どんなことだ」

六平太は、まるで気のないような物言いをして、ぐい飲みの酒を口に運んだ。

「卯平は、包丁鍛冶だった父親を殺した男を探しにこの音羽に来たんだと、十日ほど前、打ち明けられました」

「なんだって」

穏蔵の話に仰天したのはおりきだった。

父親が死んだのは、卯平が五つの時分だと穏蔵は続けた。

その死後、母親は亭主の実姉に卯平を預けて、関東八十八か所の霊場を巡礼する旅に出たという。

卯平が預けられた伯母の亭主は、江戸へも荷を運ぶ川船業をやっていた。

その川船の船乗りたちが江戸見物に出かけた二年ほど前のことだった。護国寺境内の見世物小屋の近くで、卯平の父親を殺して行方をくらませた、職人の常次郎を見かけたと伯母の亭主が口にしたのだ。卯平の周辺がざわついた。

この時初めて、実の父が殺されたということを知った卯平は、仇を取りたいという思いが日に日に募り、ついに音羽へとやって来たのだった。

「お父《と》っつぁんの顔も思い出せず、ともに過ごした覚えもおれにはないんだよ。もっと長く生きていてくれりゃ、いろんな思い出が残るんだろうが、おれにはない。だから、五つの時におれからお父っつぁんを奪った奴《やつ》が許せないんだ」

卯平は、そんな思いを穏蔵に洩らしたという。

だが、卯平には常次郎という男を探すすべがなかった。

まず、顔すら知らない。

たった一つの拠《よ》り所は、常次郎が包丁鍛冶という己の腕で暮らしを立てているかもしれないということだった。

しかし、音羽の近隣には、十を下らない数の鍛冶屋があることを知った。

そして、卯平の父親のように、包丁鍛冶という看板を掲げているところもなかった。

『伊勢屋』や近隣の商家の奉公人に尋ねたが、多くの鍛冶屋は、鋤《すき》、鍬《くわ》、鎌などの農具、鎹《かすがい》や釘《くぎ》、鉈《なた》などの工具を作りながら、たまに包丁も作るというような按配《あんばい》だった。

その一軒一軒を訪ねて常次郎を探すのは、小僧の卯平には容易なことではなかった。

商家の小僧が休みを取れるのは、年に二度、正月と盆の藪入《やぶい》りの時だけだ。

音羽へ来て初めての藪入りの日は、当てもなく歩き回っただけで一日が暮れたという。

その後の藪入りは、年長の小僧に用事を言いつけられたりして、結局、卯平が鍛冶屋を探し回ったのは、たったの二回だけだった。

「二回ったって、たったの二日じゃないか。それじゃ、探し当てられるわけがないよ」

話を聞いていたおりきが、大仰なため息をついた。

「それで、おめぇが相談したいってのは、なんなんだ」

六平太は、静かに口を開いた。

「町人が、親の仇を取るのは許されることなのかどうかということです」

穏蔵は、六平太をそっと窺った。

武士が、親兄弟の仇を取ったという話は枚挙にいとまがない。だが、町人の仇討ちが許されるものか、六平太は確たることは知らなかった。

北町奉行所同心の矢島新九郎に聞けば分かるのだろうが、穏蔵に返事をするには悠長に過ぎる。

「どうして、そのことを知りたいんだ」

六平太が眼を向けると、

「もし、許されないのなら、わたしは、卯平の仇討ちを止めなくちゃなりません」

揃えた両膝に眼を落した穏蔵の口から、震えるような声が洩れ出た。

「分かるよ。大事な友達を、人殺しにはしたくないものさ」

おりきが、しみじみと呟いた。

「おめぇ、止められるか」

六平太がそっと問いかけると、軽く俯いていた穏蔵が顔を上げた。

「なんとしても、止めます」

六平太の眼を見て、穏蔵は決意を述べた。

「うん。きっと、止めろよ」

「はい」

穏蔵は、小さく頷いた。

友を思う穏蔵の内面を垣間見《かいまみ》られて、六平太はほんの少し、胸を熱くした。

五

翌日、関口駒井町の一帯は、朝から降り出した雨に煙《けぶ》っていた。

細かい絹のような雨だが、昼の八つを過ぎても止《や》む気配はなかった。

片手に台箱を下げて家の戸を開けたおりきが、雨空を見上げた。

ほんの近くまで行くぶんには、たいして濡《ぬ》れるほどの雨勢ではない。

「用心のためだ。すまないが六平さん、傘を取っておくれよ」

戸口近くまで送りに出ていた六平太は、土間の板壁に下げてあった蛇の目を取って、おりきに差し出した。

「もし、雨が止んだら蕎麦でも手繰って、そのまま、元鳥越に帰るつもりだ」

「分かりました」

おりきは、笑みを浮かべて六平太に頷くと、目白坂の方へと消えた。

「六平さんなら、居ますよ」

そんなおりきの声がしてすぐ、戸の外に、毘沙門の若い衆、竹市が小走りで現れた。

「うちの親方が、もしまだお出でなら、『五十鈴』にお越し願いたいということですが」

竹市が口にした親方というのは、甚五郎のことである。

六平太が、『五十鈴』の番頭の案内で入った小部屋には、甚五郎と佐太郎が座っていた。

小雨の降る小庭の見える部屋だった。

「川越からたったいま、戻りまして」

佐太郎が、六平太に頭を下げた。

「秋月さん、十二年前、政三が親方を死なせた事情が見えてきましたよ」

甚五郎の口ぶりには、幾分重々しい響きがあった。

当時、包丁鍛冶の親方菊松は三十五で、二十七になる女房のおこんとの間に五つの卯平がいた。

　菊松の家には政三こと常次郎の他に、二十そこそこの昇太《しようた》という見習いが住み込んでいたという。

「その当時のことをわたしに話してくれたのが、川越の他の鍛冶屋の職人になっていた昇太でした」

　佐太郎はそう説明した。

　その昇太によれば、菊松の打つ包丁の評判は良かったということだ。

　腕はいいが、ただ、酒が入ると菊松は人が変わったようになった。

　酒が入ると、金に執着しない名人気質《かたぎ》なところや頑迷さが貌《かお》を出した。

　それで揉《も》め、馴染みの客も離れて行き、暮らしに困ることが往々にしてあったらしい。

「そういう亭主ですから、女房のおこんは苦労をしていたそうです。台所の隅に蹲《うずくま》って、泣いてる姿を何度も見たと昇太が言ってました。酒が入ったら手が付けられず、火に掛かっていた鉄瓶を幼い卯平にぶつけて、顎に火傷を負わせたこともあったそうです」

　そこまで口にして、佐太郎がふうと息を吐いた。

「顎にね」

そう呟いた六平太に、甚五郎が厳しい顔で頷いた。

菊松の乱暴はなにも、酒が入った時だけとは限らず、気分次第で女房のおこんにも幼い卯平にも向けられたと、昇太は佐太郎に話をしていた。

そんなおこんを、陰でそっと力づけていたのが、常次郎だった。

おこんは常次郎の労《いた》わりと優しさに救われているように見えたと、昇太は口にした。

「だから、二人はなるようになったんだと、おれは思うよ」

昇太は佐太郎に、しみじみと打ち明けたという。

おこんと常次郎の間柄に気付いた菊松が、二人を問い詰めたのが十二年前の夏だった。

その時、おこんも常次郎も畳に這《は》いつくばって謝ったという。

だが、酒に酔っていた菊松は聞く耳など持たなかった。

二人を叩いたり蹴ったりした挙句、あろうことか、菊松は、卯平は常次郎の種ではないのかとまで口走って、おこんに足蹴を繰り出して詰め寄った。

それまで息を詰めていた常次郎は、ついに、菊松を止めに立ち上がった。

昇太は、止めに入ろうと思ったのだが、日ごろから菊松の拳骨《げんこつ》を食らっていた恐怖に体がすくんだと告白した。

二人の摑み合いはしばらく続いたが、酔った菊松が常次郎の腕力に敵う訳がなかった。

常次郎に押し倒された菊松は、火鉢に頭をぶつけて動かなくなった。

菊松に息がないのを知って、急ぎその場から逃げ出した常次郎は、その後の行方が知れないのだと、昇太は口にした。

「それから三日して、亭主を死なせたのは自分のせいだと口にして、女房のおこんさんは、菊松の姉さんに卯平を託して、関東八十八か所の巡礼の旅に出たそうです」

佐太郎の話を聞いた六平太には、声もなかった。

甚五郎からも、ただ、小さな吐息が洩れただけだった。


七面大明神の祀られる雑司ヶ谷村、本浄寺《ほんじょうじ》の境内には薄日が射していた。

朝から降っていた小雨は、七つになる少し前に止んだ。

寺の本堂の階《きざはし》に甚五郎と並んで座った政三こと常次郎は、先刻から顔を伏せたままだった。

六平太は、その二人の横に立っていた。

十二年前の川越での一件を『五十鈴』で聞いた六平太と甚五郎は、相談の上、呼び出した政三に、佐太郎が持ち帰った話を伝えたばかりだった。

「そうですか、おこんさんはあの後、巡礼に」

そこで声を詰まらせた政三が、

「おこんさんには、悪いことをしてしまった。だが、卯平さんをよくまぁ、あそこまで大きくお育てになった」

と、声を掠《かす》れさせた。

「それがね政三さん、おこんさんは、巡礼に出た二年後、八十八か所巡りの途中、四十五番目の下総《しもうさ》、香取《かとり》の観福寺《かんぷくじ》を参った後、行き倒れとなったそうだ」

甚五郎が口にしたことは、六平太も先刻、佐太郎から聞いていた。

おこんが身に付けていた関所手形に記されていた川越に、香取の宿役人から知らせがあって、その死が分かったという。

おこんの死を聞いて、政三は息を飲んだ。

おこんが死んだ観福寺も八十八か所の一つだが、政三が暮らしている音羽の護国寺も、御府内八十八か所巡りの八十七番目の札所《ふだしょ》だというのは、なにかの因縁だろうか。

「政三さん、あんたが棟梁を死なせたのは、単に女房を寝取った上の人殺しとは言えないよ。言ってみれば、思わぬ出来事だよ。このことを卯平に話せば、仇討ちは思いとどまると思うがね」

「いえ親方。昔の話は、卯平さんにはしないで下さい」

強い口調で、政三が遮った。

「自分の父親の悪評を聞かされる倅の気持ちを思えば、可哀《かわい》そうだし、酷です」

政三は、呻《うめ》くような声を出した。

「しかし、卯平が、政三さんこそ常次郎だと知ったとき、どうするかだね」

六平太が独り言のように口にした。

階に腰掛けていた政三が、

「そうですね」

と洩らした後、遠くの方へ眼を向けた。


それから二日が経《た》った早朝だった。

おりきの家に居続けていた六平太のもとに、甚五郎の使いが来た。

使いに来た六助と共に、六平太は明るくなっていた目白坂を下った。

「桜木町にお出で下さい」

桜木町の甚五郎の家の土間に足を踏み入れると、鉤《かぎ》の手になった土間の片隅で、框に腰掛けた白髪交じりの男と対している甚五郎の姿があった。

六助が奥に引っ込むとすぐ、甚五郎が、

「雑司ヶ谷村の鍛冶屋の善助さんですよ」

と、白髪交じりの男を指した。

「秋月です」

「お名前はよく『吾作』の菊次さんから聞いてます」

善助が会釈をした。

「秋月さん、善助さんが今朝目覚めたら、政三さんの姿が消えていたそうです」

甚五郎が、淡々と口にした。

「作業場の、いつもわたしが座る場所に、仕上げた三本の包丁と、この書付が置いてありました」

善助が、書置きを六平太に差し出した。

甚五郎を窺うと、

「わたしは読みましたから」

と、六平太に読むよう促した。

『いつも包丁に刻んでいた「菊」の一文字は、死なせた親方への詫《わ》びでもありましたが、その包丁を見たおこんさんや卯平さんに、わたしはここにいると伝えようという思いもあったのかもしれません。しかし、おこんさんは巡礼の途中で行き倒れたと聞き、自分の罪深さを思い知りました。残した三本のうち、一本は甚五郎親方に、もう一本は「吾作」さんにお渡し下さい。残り一本の始末は、やはり、毘沙門の親方にお任せします。政三』

文面には何も記されていないが、政三は、音羽から何処《いずこ》かへ去ったようだ。

その日の昼近く、六平太とおりきが、並んで護国寺の山門を潜って出た。

境内の茶店で昼餉代わりの心太《ところてん》を食べ終えた六平太は、山門の前でおりきと別れ、大塚を通って元鳥越へと帰るつもりだった。

「それじゃ、ここで」

六平太が足を止めたとき、

「あぁ、秋月の旦那とおりき姐《ねえ》さんだっ」

素っ頓狂な女の声が近くで轟《とどろ》いた。

「そんな大きな声出さないでおくれよ」

おりきが意見した相手は、音羽の楊弓場《ようきゅうば》の矢取り女、お蘭《らん》だった。

「ねね。七面大明神の近くの鍛冶屋に、昔、川越で人を殺した男が働いていたらしいね」

近づいて来たお蘭が、密《ひそ》やかな声を出した。

「おめぇ、誰に聞いたんだ」

「噂《うわさ》はこの辺りに広まってるよぉ。その男が今朝、行方をくらませたってことまで」

お蘭が胸をそびやかした時、

「六平さん」

おりきが、広い参道を指さした。

坂下の方から駆けあがって来た卯平が、思いつめた顔をして護国寺門前の広道を左に折れ、追って来た穏蔵もその後に続いて駆け去った。

「おれは二人の後をつけるから、ここでな」

おりきにそう言い残すと、六平太は卯平と穏蔵の後を追った。

広道は西青柳町の先で急に細くなり、畑地の三叉路《さんさろ》を右へ右へと進む卯平と穏蔵の後姿が見えた。

先を行く二人が向かったのは、政三が働いていた鍛冶屋の方向だった。

案の定、卯平と穏蔵は鍛冶屋の作業場の中に飛び込んだ。

続いて飛び込もうとしたとき、植え込みの陰から姿を現した甚五郎が、片手で六平太を止め、唇に指を立てた。

中の様子を窺おうということだと受け取って、六平太は頷いた。

「ここに、常次郎という職人が居たのは本当ですか」

気負いこんだ卯平の声が、はっきりと外にまで聞こえた。

「ここでは政三と名乗っていたがね」

善助がそう返事をした。

「常次郎はどこへ行ったんですかっ。知っているなら教えてください」

「知らないんだよ」

「そんなことはない。知っているんでしょう、わたしのお父っつぁんを殺した男なんです、教えてください」

　卯平が善助に詰め寄っている様子が眼に見えた。

「卯平さん、おやめよ」

「穏蔵、どけ！」

「卯平さん！」

　卯平と善助の間に入って制止しようとする穏蔵の様子も窺えた。

　その時、鍛冶屋に足を向けた甚五郎に続いて、六平太も作業場の中に足を踏み入れた。

　善助に詰め寄っていた卯平と穏蔵が、入って来た二人を見て、びくりと体を強張《こわば》らせた。

「お父っつぁんの仇を、どうするつもりなんだい」

　甚五郎が、物静かに問いかけた。

　何も言えず、卯平は目を伏せた。

「卯平と言ったね。お前さんに見せたいもんがある」

甚五郎は持参していた出刃包丁に巻かれた晒《さらし》を外した。

「政三、いや常次郎は、今朝、三本の包丁を残して姿を消したよ。一本は『吾作』に、もう一本はわたしに、そして残りの一本はわたしに任せると書置きにあったが、わたしにはどうも、あんたに渡してくれと言いたかったんじゃないかと思ってね」

「そんなもん、わたしは要りません」

卯平は鋭く口にして、甚五郎を睨《にら》みつけた。

「親方、わたしに包丁を」

前に出た六平太が、甚五郎から包丁を受け取った。

「卯平、ここに何と彫ってある」

六平太は、包丁の根元を卯平に向けた。

「菊と、一文字彫られているだろう。これはね、政三が菊松さんを死なせた後、自分が打った包丁には必ず刻んでいた菊の字だ。どうして自分の名にちなんだ文字じゃないのかと聞いたら、包丁鍛冶を教わった親方の名を一字刻むことにしていると、そう言っていたよ」

目を丸くした卯平は、信じられないという面持ちで六平太を見た。

「いっぱしの職人にしてくれたお礼だと言っていたが、おれには、恩を仇で返した己の罪を、菊の文字を刻むことで、いつまでも忘れまいとしているのだと思えるんだよ」

六平太の言葉に、卯平は顔を伏せた。

伏せたまま、ぎゅっと唇を嚙《か》みしめた。

「だからなんですかっ、だから、殺した人を赦《ゆる》せっていうんですかっ」

そう言い放つと、卯平はいきなり作業場から飛び出した。

「穏蔵、あいつの傍《そば》にいてやれ」

六平太の鋭い声に、穏蔵は弾かれたように後を追って出た。

「卯平という若者がここに押しかけて来るかもしれないとのことでしたが、親方の仰る通りになりましたな」

そう口にすると、善助は大きく息を吸った。

「十二年前の、川越での一件に絡んだ常次郎が、政三という名で音羽に居たことを言い触らしたのは、親方ですね」

善助の仕事場を後にするとすぐ、六平太が静かに口を開くと、

「ええ。卯平の耳に届くようにね」

甚五郎は、頷いた。

「ということは、音羽から政三を去らせたのも親方の差し金ですか」

「これから先のある卯平が、いつまでも親の仇討ちに縛られちゃ可哀そうですしね。

諦めさせるには、もう、手の届かないところへ去ったのだと思い知らせるしかありませんから」

甚五郎からは淡々とした答えが返って来た。

「それじゃ、どこへ行ったかも?」

「古い知り合いが越後《えちご》にいますんで、その男を頼れと書付をもたせました」

甚五郎は、気負うことなく打ち明けると、

「そのうち、常次郎の常と刻まれた包丁が江戸で出回るかもしれませんよ」

悪戯《いたずら》っぽい笑みを浮かべた。

甚五郎には、何人もの若者を毘沙門の身内として抱える親方としての度量が窺えた。

六平太は、手にしていた包丁を晒に巻くと、甚五郎に返した。

八つ半を過ぎたばかりの、浅草、元鳥越『市兵衛店』は静かだった。

風呂桶を抱えて路地に出た六平太は、思わずあたりを見回した。

隣りの弥左衛門はじめ、大道芸人の熊八《くまはち》も噺家《はなしか》の三治《さんじ》も留守だが、大家の孫七や大工の留吉の女房、お常は、昼寝の最中なのかもしれない。

音羽、雑司ヶ谷村の鍛冶職人、善助の作業場で、卯平や穏蔵と会ってから五日が経っていた。

六平太はこの日、踊りの稽古に行くという、室町《むろまち》の昆布問屋の娘の送り迎えを済ませて、四半刻前に帰って来た。

町内の湯屋に行って汗を流してから、久しぶりに、表通りの居酒屋『金時《きんとき》』に繰り出す腹だった。

「秋月さん、これから湯屋ですか」

『市兵衛店』の木戸を潜ったところで、表通りの方から、毘沙門の若い衆、六助が現れた。

「なにごとだ」

「へい。親方の用事で、神田に行った帰りです」

六助はそう返事をすると、

「秋月さんを訪ねて、もしおいでのようなら伝えろと言いつかったことがあります」

と、付け加えた。

「歩きながら聞こうか」

六平太が表通りに足を向けると、六助が並んだ。

「ええと、酒屋の『伊勢屋』の卯平って小僧が、二日前、川越に帰って行きました」

六助の口から思いがけない話が飛び出して、六平太は思わず足を止めた。

「『伊勢屋』の旦那には、川越に帰って川船乗りになるとかなんとか言っていたようです」

それには返答もせず、六平太はゆっくりと歩を進めた。

卯平の伯母の亭主が川船業を営んでいることは、穏蔵から聞いていた。

「もう一つ、親方から是非伝えてくれと言われたことがあります」

「ほう」

「卯平って小僧が川越に帰る前日、親方を訪ねて来て、包丁を貰い受けたいと言ったので渡しておきましたということです」

またしても、六平太が足を止めた。

「おれはわけがわからねぇから、親方はいつの間に包丁屋になったんですかと聞いたら、バカヤロと言われましたが、なんだったんですかね」

六助に尋ねられたが、六平太は、それには何も答えなかった。

ただ、胸につかえていた何かがすっと消えたような、安堵《あんど》を覚えた。

「卯平が居なくなったせいか、穏蔵が落ち込んでます」

歩き出してすぐ、六助がそう切り出した。

「弥太たちと話し合って、穏蔵を慰めてやろうということになってるんですが、竹市が言うには、こういう時は女郎屋に連れて行って、女遊びをさせるのが一番だというんですが、どんなもんでしょうね」

「なんでそんなこと、おれに聞くんだよ」

「だって、穏蔵は秋月さんの古い知り合いの倅だとかなんとか」

「だからって、そんなこと、いちいちおれにお伺い立てることはないんだよ」

「分かりました」

言い合いながら小路を進んだ二人は、鳥越明神の角で足を止めた。

「湯屋はどちらで」

「向こうだ」

と、六平太は浅草御蔵《おくら》の方向を顎でさした。

「じゃ、わたしは向こうですので」

きりっと上体を折って辞儀をすると、六助は鳥越川に架かる甚内橋《じんないばし》の方へと向かった。

「なにが女郎屋だよ」

低く声に出して歩き出すとすぐ、小石を踏みつけ、危うく転びそうになった。

第二話　夜盗斬り

一

空は朝から、文字通り五月晴れだった。

浅草、元鳥越《もととりごえ》に向かう秋月六平太《あきづきろっぺいた》は、右手に昇った朝日を浴びていたが、我慢できないほどの暑さではない。

日中歩き回るという付添いではないと分かっていたので、出かける時から菅笠《すげがさ》は被《かぶ》っていなかった。

六平太が木戸を潜《くぐ》ると、『市兵衛店《いちべえだな》』はしんとしていた。

刻限はおそらく、五つ半（九時頃）時分だろう。

井戸端に人はいず、話し声もなく、物干し場に干された下帯や手拭い、襦袢《じゆばん》や湯文字が長閑《のどか》に揺れていた。

「あら、朝帰りですか」

女の声が掛かったのは、六平太の隣りに住む弥左衛門《やざえもん》の家の中からである。

開け放された戸の中で、通い女中のお竹《たけ》が箒《ほうき》を止めて笑いかけていた。

「一仕事終わって、一旦引き返して来たんですよ」

六平太は、右手を打ち振りながらそう返事をした。

その言に嘘《うそ》はなく、暗いうちに出掛けて、木場《きば》の材木商『飛驒屋《ひだや》』の内儀、おかねと娘の登世《とせ》を、堺町《さかいちょう》の芝居茶屋『よし川《かわ》』に送り届けてから帰ってきたのだ。

その母娘《おやこ》からは、一緒に芝居を見ようと誘われるのだが、朝早くから夕刻まで、まる一日芝居小屋にいるのは飽きるし疲れるので、いつも丁寧に辞退している。

平場の桝席《ますせき》での芝居見物だと、周りに人が詰めかけたり、酔っ払いや乱暴者が言いがかりをつけたりする心配もあるが、『飛驒屋』の母娘は、必ず芝居茶屋を通して桟《さ》敷席《じきせき》で見ることにしている。

三十二文（約六百四十円）の平場の桝席に比べて、二階の桟敷席は二朱（約一万二千五百円）と値が張るから、無謀な輩《やから》が近づく恐れはない。

母娘を芝居茶屋に預ければ、夕刻の迎えまで付添い屋は気ままに時を過ごせる。茶屋の中で待ってもいいし、両国《りょうごく》などの繁華な場所に出掛ける手もある。

六平太はこの日、一旦『市兵衛店』に戻って、掃除や洗濯をすることにしたのだった。

「弥左衛門さんは、お出かけかい」

六平太は何気なく家の中を窺《うかが》った。

「居るような気配はあったが、このところ顔を合わす折がなくてね」

「あぁ。このところ、出かける用事が重なってらしたから。今日だって、養子に後を任せた簞笥《たんす》屋《や》の様子を見に行くって、ついさっき、粕壁《かすかべ》に向かわれました。今日は五月の十五日だから、帰りは十八、九日くらいだろうとお言いでしたよ」

そう口にすると、五十ほどの年のお竹は、酒樽《さかだる》のような体を軽く後ろに反らして伸びをした。

家の中の掃除をし、竈《かまど》の灰を捨て、その後洗濯をして二階の物干し場に干し終わると、午《ひる》が近かった。

六平太は、干し場の手摺《てすり》に両手を置いて、久しぶりに界隈《かいわい》の家並を見渡した。

大川の方に眼《め》を向けると、寿松院《じゆしようい ん》の大屋根と天文《てんもん》屋敷の間の先に、浅草御蔵《おくら》があり、川の流れは見えないものの、対岸に建ち並ぶ大名屋敷の屋根屋根が望めた。

元鳥越では、上野東叡山《とうえいざん》か浅草寺《せんそうじ》の時の鐘が届く。風向きによっては、日本橋石《こく》町《ちょう》の鐘の音が届くこともある。

日は真上にあったが、九つ（正午頃）を知らせる時の鐘が鳴ったのかどうか、六平太は気付かなかった。

「秋月さん、麦湯でも飲みにおいでなさいよ」

大工の留吉《とめきち》の女房、お常《つね》の声が、物干し場に届いた。

「掃除洗濯と動き回って、喉が渇いたんじゃないのかね」

「すまねぇ。すぐに下りるよ」

六平太は、路地に立って見上げていたお常に片手を上げた。

二階から階下に下り、土間の草履を引っかけて路地に出た時、向かいの戸口が開いて、白い一重の着物に梅幸茶《ばいこうちゃ》の羽織を着た噺家《はなしか》の三治《さんじ》が、扇子を片手に出てきた。

「なんだ、いたのか」

六平太が声をかけると、

「秋月さんが掃除洗濯に勤《いそ》しんでおられる頃、わたしは身支度に取り掛かっておりました」

両手を奴凧《やっこだこ》のように広げ、なぜか、ひょいと片足を後ろに上げた。

「これから寄席に出まして、そのあとは御贔屓《ごひいき》の旦那のお座敷ですから、今宵《こよい》は美味《おい》しい酒を頂けますよ。へへへ、それじゃわたしは」

突然、三治は扇子を開き、

「チキチンチン、チャラリンシャン」

と、わけの分からない口三味線を発しながら木戸を潜って、表通りの方へ消えた。

「お邪魔するよ」

六平太は、声を掛けて、開いていた戸口から留吉の家の土間に足を踏み入れた。

「まぁ、お掛けなさいよ」

土間近くに湯呑《ゆのみ》を置いて、お常が座った。

框《かまち》に腰を掛けた六平太は、

「遠慮なく」

湯呑を持つと一気に飲み干した。

「代わりを注《つ》ぎますか」

「いや。もうこれで」

「遠慮はなしですよ」

「おれが、遠慮なんかするとでも思うのかい」

「そりゃそうだ」

お常が大きく頷《うなず》いた時、どこからか、鐘の音がした。

「九つだ。秋月さん、昼餉《ひるげ》はどうするんです。今朝は朝餉《あさげ》も食べないで出掛けて行ったようだしさ」

六平太を気遣わしげに覗《のぞ》き込んだ。

「お常さん、おれの朝餉抜きを気にしてくれたのか」

「昨夜の残りでも食べて行けばいいのにって、気にはなってたんですよ」

「付添いのお客さんを芝居茶屋に送り届けて、そこで、朝餉のお相伴に与《あずか》っちまってね」

「なんだ。そんな豪勢なもの食べてると知ってたら、心配なんかするんじゃなかった」

これが、お常の本心でないことぐらい、六平太には分かっていた。

「これから芝居茶屋に戻って、芝居が跳ねるのを待つことにするよ」

六平太は腰を上げた。

「芝居が跳ねたら、またまた旨《うま》い料理が出るんだろうね」

お常が、芝居じみたように、嫌味な物言いをした。

「おれはもう、食い飽きちまったがね」

「ふん。そんな台詞《せりふ》、わたしも一遍は口にしたいもんだ」

「それじゃな」

片手を上げると、六平太は土間から路地へと出た。

「もし雨が降り出したら、物干しのもの、取り込んでおくからね」

背後でお常の大声がした。

「ありがとうよ」

六平太も大声で返した。


耳元で様々な音が渦を巻いているような気がして、ふっと目覚めた。

部屋の天井が、火が点《つ》いたように赤く染まっている。

畳の上で転寝《うたたね》をしていたことに気が付いて、六平太は体を捻《ひね》って上体を少し起こした。すると、障子を染めた夕焼けの色が、部屋の中に満ちていた。

芝居茶屋『よし川』の二階の部屋である。

六平太は窓辺に這《は》い寄って、開け放された障子の間から首を突き出した。

通りに、多くの人の往来があり、その足音や小店《こだな》の呼び込みの声が夕空に沁《し》みわたっていた。

市村座《いちむらざ》、中村座《なかむらざ》の舞台が跳ねたのかもしれない。

とすれば、七つ半（五時頃）を少し過ぎた頃おいだろう。

六平太は、昼過ぎに『市兵衛店』を後にして『よし川』に戻って来た。

折よく幕間《まくあい》に戻って来ていたおかねと登世と、この部屋で昼餉を共にした後、六平太は、暇潰《ひまつぶ》しに町へ出た。

大道芸人たちや見世物小屋の呼び込みが声を張り上げる両国西広小路《にしひろこうじ》を一回りしたあと、三光稲荷《さんこういなり》近くの寄席に飛び込んだ。

一刻《いっとき》（約二時間）ばかりで寄席を出ると、『よし川』に戻ってごろりと横になったのである。

「失礼しますよ」

男の声がして、廊下の障子が開くと、

「お戻りです」

と、茶屋の男衆が廊下に膝を揃《そろ》えた。

廊下におかねと登世が姿を見せると、男衆の横を通って部屋に入って来た。

「秋月様、お待たせしまして」

座るなり、おかねが声を掛けて来た。

「なんの」

そう答えて、六平太は居住まいを正した。

おかねはおっとりとして、何ごとにも動じないところが気楽なのだが、時に、丁寧な物言いをされるのが困る。

「お疲れ様でございました」

土瓶と湯呑を盆に載せて、大柄な女中が部屋に入って来ると、

「『飛驒屋』さん、お帰りはどういたしましょう。駕籠《かご》になさいますか、それとも船にしましょうか」

湯呑に茶を注ぎつつ尋ねた。

「まだ明るいし、日が落ちたら暑くもないでしょうから、歩いて帰るわ。どう、おっ母《か》さん」

「それもいいねぇ」

いつもどおり、おっとりとしたおかねの口ぶりである。

「付添い屋さんもおいでのことだし、心配ありませんね」

六平太に笑みを向けた女中が、男衆に声を掛けた。

「友《とも》さん、『飛驒屋』さんはお徒歩《かち》だって、番頭さんに知らせておくれ」

「へい」

男衆は女中に返答して、廊下から立ち去った。

「八代目はいかがでした」

三人に湯呑を置きながら、女中が登世に声を掛けた。

「一年経《た》つと、やっぱり立派になるものね」

登世が、感心したように大きく息を吐いた。

「十だった海老蔵《えびぞう》が、八代目になってから一年だものね」

おかねがそう相槌《あいづち》を打った。

「名前が芝居を巧《うま》くするというのは本当ね。名に恥じないようにって、精進しなきゃいけないもの」

「お登世さんのおっしゃる通りのことを、五代目の高麗屋《こうらいや》さんが言っておいでだったと、誰かから聞いたことがありますよ」

女中が口にした五代目とは、恐らく松本幸四郎《まつもとこうしろう》のことだ。

そして、先刻から話に出ている八代目とは、一年前、市村座で襲名披露をした当年十一になる団十郎《だんじゆうろう》のことだった。

その披露興行を見物するおかねと登世から付添いのお呼びが掛かったのだが、その頃、六平太は付添い稼業を辞めて、相良《さがら》道場の師範代務めに専念していたため、断っていた。

「でも、おっ母さんのお目当ては岩井半四郎《いわいはんしろう》なのよね」

登世がからかうように言うと、おかねは曖昧に笑っただけで、湯呑を口に運んだ。

五代目岩井半四郎を好み、騒ぎたてているのは、大方は若い娘たちだった。

「でも、お内儀さんが半四郎好みなのは分かりますよ。あの眼は千両の値がつくというくらいですからねぇ」

大柄の女中が、一瞬、うっとりと虚空を見つめた。

六平太と『飛驒屋』の母娘は、茶を飲み終えるとすぐ、堺町の『よし川』を後にした。

通りを西に進んで、堀江《ほりえ》町入堀《ちょういりぼり》にぶつかったところで左に折れ、川に沿って南へ向かい、日本橋川《にほんばしがわ》と合流する小網町《こあみちょう》の富士塚《ふじづか》の前に出た。

西日は、日本橋の先にある千代田城《ちよだじょう》の方角に沈みかけていた。

海が近いせいか湿り気を感じるが、時々流れる川風が心地よい。

川に沿ってそのまま南に進み、行徳河岸《ぎょうとくがし》から崩橋《くずればし》を渡って、箱崎町《はこざきちょう》へ着いた。

そのまま北新堀河岸《きたしんぼりがし》を進むと、三人の行く手に永代橋《えいたいばし》の西詰が見えてきた。

長さ百二十間（約二百十六メートル）余りの永代橋の向こうは、深川《ふかがわ》である。

六平太たち三人が、木場の『飛驒屋』に着いたのは、六つ（六時頃）を四半刻《しはんとき》（約三十分）ばかり過ぎた頃おいだったが、辺りはまだ明るみがあった。

おおよその帰りの刻限は分かっていたらしく、六平太が母屋の部屋に通されると間もなく、夕餉《ゆうげ》の膳が四人分並べられた。

「秋月様、今日もまたうちの者がお世話になりまして」

当主の山左衛門《さんざえもん》がおかねと登世と共に入るなり、六平太に軽く頭《こうべ》を垂れた。

六平太の横には山左衛門が座り、その向かいにおかねと登世が並んで座ると、

「いただこう」

山左衛門の発声で、一同が箸を取った。

「秋月様、お酒はいつもどおり、お好きになすって下さいね」

登世は気を利かせた。

「では遠慮なく」

六平太は、膳に載っていた徳利《とっくり》を摘《つ》まんで盃に注いだ。

「それじゃ、わたしも」

山左衛門も手酌を始めた。

付添い屋として数年の付き合いが続き、六平太が、酒を注いだり注がれたりするのを好まないことを分かってくれた。それからは、『飛騨屋』の誰もが、酌をしようなどと言い出さなくなったのがありがたく、気楽だった。

「そうだ」

一口酒を飲んだ六平太が、ふと声を出して隣りの山左衛門に顔を向けると、

「なにか」

と、山左衛門が自分の盃を置いた。

「いくら『飛騨屋』さんでも、江戸の材木商をすべてご存じということはないでしょうね」

「さようですな。木場は大体わかりますが、後は、古くからの主だった材木商くらいしか存じ上げません。その材木屋さんの屋号はなんと」

山左衛門が、六平太の問いかけに応えた。

「屋号は聞いてはいませんが、以前、江戸の材木屋に奉公していた時に、粕壁の箪笥屋の養子に入ったというお人が、この春、養子に商いを譲って、元鳥越の『市兵衛店』に住み始めたものですから」

六平太が説明すると、

「それだけじゃ、いくらお父《と》っつぁんでも見当のつけようがないと思いますよ、秋月様」

登世が至極真っ当な意見を口にした。

「そのお方は、お若い方？」

おかねが、六平太に声をかけると、

「なに言ってるのよおっ母さん、養子に店を譲ったくらいだから、年は行ってるに決まってるじゃない」

「あ。そりゃそうね」

登世の答えに、おかねは、あっさりと得心した。

「五十絡みの、弥左衛門という人なんですがね」

六平太は、『市兵衛店』の隣人の名を口にした。

「やはり、心当たりはありませんがなぁ」

山左衛門は微《かす》かに首を傾《かし》げた。

酒を中断して、六平太が料理に箸をつけ始めた時、

「実は、秋月さんにお願いしたいことがあるのですが」

と、山左衛門が改まった。

『市兵衛店』の住人、噺家の三治を日本橋の葛屋《つづらや》の当主に引き合わせたいというのだ。

葛屋というのは葛籠《つづら》を商うお店のことで、屋号は『鶴羽屋《つるはや》』と言った。

その『鶴羽屋』の主人が世話人となって、仲間の旦那衆や俳諧の師匠連と、江戸から五里ばかり北にある蒲生《がもう》へ吟行に赴くことが決まっていた。

「一晩か二晩の泊まりがけらしいのですが、男だけで二日も三日も過ごすのは味気ない。かと言って、女を同行するわけにはいかないと、『鶴羽屋』の主人が嘆くもんですから、座を賑《にぎ》やかにしたいなら、噺家か幇間《ほうかん》を同行すればいいじゃないかと、そう

わたしが言いますと、あんたにそういう知り合いがいるのかと聞きますんで、居ると返答したんでございますよ」

山左衛門が、困ったように左手を頭に載せた。

「それが三治さんね」

「そういうことだ」

山左衛門は、登世に頷いた。

六平太が納涼の船に同行して以来、三治は山左衛門一家に気に入られて、『飛驒屋』で催し物がある時は、声が掛かるようになっていた。

「この話、三治さんに受けてもらえるかどうか、秋月さんから聞いてみてはいただけないかと思いまして」

「分かりました。明日にでも、こちらに伺うよう三治に話しておきます」

六平太は、請け合った。

二

夕餉を摂り終えた後、六平太と山左衛門は、中庭に面した縁に出て酒を飲んでいた。

ふと、夕餉の時から飲んだ徳利の数を、指を折って勘定した六平太は、眼の前にある徳利は四本目だということに気付いた。

おかねと登世が蚊遣《かや》りの焚《た》かれた縁に座って、時々、団扇《うちわ》を煽《あお》いでいる。

辺りはすっかり暮れていた。

五つ半時分かもしれない。

「さて、わたしはそろそろ引き揚げますか」

酒を飲み干すと、六平太が盃をお盆に置いた。

「もう遅いでしょうから、今夜はうちにお泊まりくださいまし」

おかねはそう勧めると、

「夜道は危ないですから」

と、真顔で声を潜めた。

「このところ、あちこちで、人斬り侍が夜道に現れているという噂《うわさ》ですから。ね、お父っつぁん」

登世が、山左衛門の方に首を回した。

「噂の人斬り侍かどうかは分かりませんが、五日ほど前の夜、小僧を連れて木場に帰る途中、深川寺町《てらまち》の路上で、暗がりから出てきた侍にぶつかられましたよ」

山左衛門は鷹揚《おうよう》に笑みを浮かべた。

「それで」

六平太は思わず身を乗り出した。

「町人の分際で侍にぶつかったからには、手打ちにされても仕方あるまい」

居丈高にものを言うと、侍は刀を抜き放ったという。

そして、赦《ゆる》して欲しければ金を置いて行けと、話をその方に持って行った。

要するに、侍の、金目当ての恐喝だった。

「噂によれば、断って斬られた者が居るとも聞いていましたので、二両を渡したら、侍は勘弁してやると言って、暗闇に消えて行きましたがね」

山左衛門の口ぶりは、そんな出来事を楽しんでもいるようだった。

気性の激しい木場の人足どもを束ねて『飛騨屋』を守ってきた山左衛門には、多少のことには動じない度胸が備わっているのだ。

「秋月様が、そんな相手ごときに後れを取ることはないけど、無理してお帰りにならなくても、泊まってらしたらいいんですよ」

「登世の言う通りです。ご遠慮なく」

山左衛門まで勧めた。

「調子に乗って今宵は少々飲み過ぎました。お言葉に甘えて、横にならせていただきます」

六平太は、誰にともなくだらりと頭を下げ、

「酒を飲んだ夜は、夜中になって目覚めることがよくあります。もし、そうなったら二度と寝付けなくなる癖がありますので、その時はそっと抜け出します。ご了解を願います」

と、そう付け加えた。

「わかりました。奉公人たちにもその旨しらせておきましょう」

山左衛門は、六平太の申し出を了承した。

永代寺門前の通りを猫が一匹、横切った。

常夜灯の灯《とも》る通りに、六平太の草履の音だけが響き渡っている。

いま何刻か、刻限は分からない。

朝まで『飛騨屋』で眠れたらそれはそれでよかったのだが、夜中、目覚めてしまった。

どのくらい寝たのか分からないが、酔いは醒め、眼も頭もすっきりとしていた。

そうなると起きるほかなく、寝静まった『飛騨屋』から抜け出したのである。

六平太は、昨夕、芝居茶屋からおかねと登世を木場に送ったが、その道を引き返す道程になった。

月はなく、川岸で灯る常夜灯の朧《おぼろ》な明かりに浮かび上がった永代橋を渡り切って、人けのない北新堀河岸を西へと向かった。

北新堀町を通り過ぎ、霊岸島《れいがんじま》新堀に架かる湊橋《みなとばし》の北詰に差し掛かった時、用水桶《ようすいおけ》の陰で六平太はふっと足を止めた。

暗闇のどこかから、微かに、地を蹴るような音を聞いたような気がして、耳を澄ました。

足音のようなものが、次第に近づいて来た。

六平太が用水桶の陰から通りに足を踏み出すと、箱崎二丁目の方から駆けて来たふたつの黒い人影が、ぎくりと立ち止まった。

その時、盗人被《ぬすっとかぶ》りをした人影の背後にある商家の軒下から、煙が立ち上るのが見え、すぐにぼっと、大戸の隙間から火の手が上がった。

「お前ら、押し込みだな」

六平太が凄《すご》みの利いた声を発すると、黒装束の男二人は何も言わず、いきなり懐の匕首《あいくち》を引き抜いて襲い掛かって来た。

咄嗟《とっさ》に後退《あとず》さると、立身《たつみ》流兵法の『擁刀《ようとう》』と称される抜刀術で刀を抜き、瞬時に峰を返して、一人の男の右腕の肘を叩《たた》いた。

右手から匕首が飛んで地面に落ちたが、以後の動きを止めんと太腿《ふともも》にも一撃をくれると、男は音を立てて路上に倒れ込んだ。

もう一人の男を振り向くと、一瞬、身構えたものの、突然身を翻して、箱崎二丁目の方へと駆け去った。二丁目の先には、蠣殻河岸《かきがらがし》に通じる永久橋《えいきゅうばし》があるのだが、半町（約五十五メートル）先は夜の闇だった。

ことりと音がした方を振り向くと、湊橋の北詰の土手下から、黒い布で覆った人の頭部が、通りの様子を窺いでもするようにゆっくりと伸び上がった。

だが、刀を抜いた六平太を眼にしたのか、黒い頭部は慌てて首を引っ込めた。

六平太は、急ぎ橋の北詰に駆け寄って、土手の下を覗き込んだ。

すると、湊橋近くの岸辺から離れた一艘《そう》の川船が、大川の方へ舳先《へさき》を向けて慌ただしく滑り出した。

水深の浅い川や堀などでよく使われる、船底の平らなひらた船には黒い人影が二つ蹲《うずくま》り、もう一人が忙《せわ》しなく櫓《ろ》を漕いでいた。

舌打ちをした六平太が辺りを見回すと、火の手の上がった商家から、先刻よりも激しい煙と炎が噴き出していた。

「火事だ、火事だ！」

六平太は大声を発しながら、北新堀町に軒を連ねる商家の大戸を叩き、さらに、箱崎一丁目から二丁目へと続く、四家の大名屋敷の表門を叩いた。

ほどなく、ばたばたと戸の開けられる音がして、商家からも大名屋敷からも多くの人が飛び出し、急き立てられるように火消しに取り掛かりはじめた。

それを見て、六平太は湊橋の北詰に駆け戻った。

路上に、腹這《はらば》いになって横たわっているのは、先刻、腕や太腿を叩いて動けなくした男である。

「おい」

仰向《あおむ》けにしようと男の肩に伸ばした片手を、ふっと止めた。

急ぎ、男の体を仰向けにすると、六平太は軽く息を飲んだ。

男の被り物を外すと、口の中に溜《た》まっていた血が、細く開いた唇の端からどろりと流れ出た。

自ら舌を嚙《か》んだものと思われる。

かっと眼を剝《む》いたまま息絶えた男の年恰好《としかっこう》は、四十前後に見えた。


六平太は、箱崎二丁目の永久橋の袂《たもと》にある番屋の板張りの框に腰かけていた。

火事騒ぎで駆け付けた、北新堀町の目明かしに事情を話して、舌を嚙み切って死んだ男を番屋に運んでいた。

死んだ男は、莚《むしろ》を掛けられて土間の隅に横たわっている。

開け放った戸障子の外から、微かに焦げ臭い匂いが流れ込んでいるが、先刻の火消し騒ぎは大分収まっていた。

駆け付けた町火消に加え、近隣の久世大和守《くぜやまとのかみ》家はじめ、三河吉田《みかわよしだ》藩の松平《まつだいら》家、下《しも》総古河《うさこが》藩の土井《どい》家、そして番屋の向かい側にある田安中納言《たやすちゅうなごん》家の下屋敷からも家臣が出たおかげで、商家一軒を焼いただけで類焼は食い止められたようだ。

「水を足しましょうか」

土地の目明かしが、六平太の手の湯呑を指した。

「いや、もういい」

六平太は、空になった湯呑を板張りに置いた。

その時、男が二人、連れ立って番屋の中に入り込んだ。

「秋月さん」

そう声を掛けたのは、北町奉行所の同心、矢島新九郎《やじましんくろう》だった。

新九郎と共に現れたのは、日本橋界隈の目明かし、藤蔵《とうぞう》と、土地の目明かしの下っ引きである。

「こちらが、矢島様や藤蔵さんを知ってるとお言いなので、待っていてもらいました」

土地の目明かしが、新九郎に向かって腰を折った。

「事情は道々、こちらの若い衆から聞きましたよ」

新九郎が六平太の横に腰を掛けた。

「木場の『飛驒屋』からの帰り道でね」

「聞いてます」

新九郎は頷いた。

「こちら様がご近所を叩き起こして下すったおかげで、鰹節《かつおぶし》問屋を一軒焼いただけで済みました」

土地の目明かしが、六平太に軽く頭を下げた。

「秋月様、死んだ盗人はこいつですね」

土間の隅に行った藤蔵が、膝を折って莚を捲《まく》り上げた。

新九郎も近づいて、藤蔵の脇に立った。

「生け捕りにするつもりだったが、まさか舌を噛むとは思いもよらなかった」

六平太が言い訳をした。

「捕まって、仲間のことを白状しなくてもいいように、自ら死んだんですよ」

藤蔵が舌打ちをすると、

「律儀と言や律儀だが、それだけ、結束の固い一党なのかもしれねぇ」

吐き捨てるような物言いをして、新九郎は死骸の傍《そば》に屈《かが》みこんだ。

「矢島様、こいつ、腕に墨が入ってます」

藤蔵が死骸の右の袖を捲ると、腕に二本の入れ墨があった。

いくつか罪を重ねて生きてきた男なのかもしれない。


神田川に架かる柳橋《やなぎばし》を渡った六平太は、浅草御蔵、中之《なかの》御門前を左へ曲がり、鳥越明神を目指した。

箱崎二丁目の番屋を後にした頃は、まだ暗かったが、寿松院門前を通り過ぎた辺りから白々と明けはじめた。

押し込みは、十六日未明の出来事だったのだ。

鳥越明神横の小路に入り込むと、近隣の裏店から煮炊きと薪《たきぎ》を燃やす匂いが漂って来た。

六平太が『市兵衛店』の木戸を潜ると、井戸端で洗面や歯磨きをしていた三治、大道芸人の熊八《くまはち》、それに大工の留吉が振り向いた。

「よっ色男、朝帰りだね」

そう声を発したのは、顔を拭いていた留吉である。

「いろいろ参っちまってよ」

六平太は、未明の出来事を話すのが面倒なので、説明を省いた。

「そりゃひとつ、いろいろ参ってしまった話なんぞを伺いたいもんでげすな」

歯磨きの粉を口の周りに付けた三治が、イヒヒと笑った。

「そうだ、三治。『飛驒屋』の旦那が、なんだかおめぇに頼みたいことがあるらしいぜ」

「へぇ、なんだろ」

「今日にでも行ってみるんだな。じゃ、おれはこのまま寝るから」

欠伸《あくび》を嚙み殺しながら、六平太は路地の奥の我が家へと足を向けた。

「朝餉食ったら、木場へ行ってみるよ」

三治の声が、六平太の背中に届いた。


浅草御蔵前にある一膳飯屋『久八《ひさはち》』は混み合っていた。

九つを過ぎた時分で、御蔵や、周辺の米問屋などで働く船乗りや人足、それに車曳《くるまひ》きたちが、賑やかに丼の飯を搔《か》き込んでいる。

そんな連中に混じって、六平太は黙々と箸を動かしていた。

酒を飲みながらの夕餉なら、鳥越明神近くの居酒屋『金時《きんとき》』なのだが、朝餉と昼餉を摂る時は、大方、浅草森田町《もりたちょう》のこの飯屋に飛び込む。

今朝早く『市兵衛店』に帰った六平太は、すぐに寝ついて、昼少し前に起き出した。

朝餉抜きで寝たせいか、空腹を覚えて眼が覚めてしまった。

暗いうちから体を動かして働く人足たちは、よく食べ、よく喋《しゃべ》る。聞きなれないお国言葉が飛び交うのは、この場所柄のせいだ。

浅草御蔵は米や大豆などの蔵だが、傍を流れる大川の両岸には、様々な蔵がある。新大橋《しんおおはし》の御籾蔵《おもみぐら》は、凶作に備えて籾のままの米を貯蔵しているし、深川八名川町《やながわちょう》には箱館産物会所《はこだてさんぶつかいしょ》の蔵もあった。

江戸の市中には水運に適した川が縦横に走っており、近郷近在から江戸に年貢米などを運んで来た船は、塩、油、肥料など、暮らしに欠かせない物を積んで帰る。

その他にも、岩槻《いわつき》や佐野《さの》の葱《ねぎ》、川越《かわごえ》の甘藷《かんしょ》、高崎《たかさき》の煙草《たばこ》の葉などが江戸に溢《あふ》れるのは、諸方へ伸びる水路と人の往来のお蔭《かげ》だということが、一膳飯屋『久八』に立ち寄ればしみじみとよく分かる。

六平太がのんびり食べている間に、周りにいた船乗りや人足たちのほとんどは入れ替わっていた。

「ご馳走《ちそう》さん」

食べ終えると、顔見知りのお運び女に声を掛けて、店を出た。

御蔵前の通りに出た六平太は、米や穀物の俵を積んだ大八車や荷駄を避けながら、浅草御門の方へと足を向けた。

腹ごなしに神田、岩本町《いわもとちょう》まで歩いて、あわよくば、口入れ屋『もみじ庵《あん》』から付添いの口を得ようと言うつもりだった。

神田川に架かる浅草橋を渡り、馬喰町《ばくろちょう》から小伝馬町《こでんまちょう》へ進み、牢屋敷《ろうやしき》の手前を右に曲がれば、岩本町までは指呼《しこ》の間《かん》である。

「おぉ、秋月さん、いいところへお出《い》でになった」

『もみじ庵』の親父、忠七《ちゆうしち》が、土間に足を踏み入れた六平太を見て、目尻を下げた。

「大川の納涼船、王子稲荷《おうじいなり》の滝見物、飛鳥山《あすかやま》への鳥の声聞き、道灌山《どうかんやま》の新緑、選《よ》り取り見取りですよ」

大盤振る舞いのつもりだろうが、要するに、忠七は付添いの成り手が見つからずに困っていただけのことだ。

そんなことを口にすれば、臍《へそ》を曲げることは承知の上だから、六平太はさも困り切ったような顔をして、明日の法事と、明後日の納涼船の付添いを引き受けることにした。

鍛冶町《かじちょう》の表通りは、筋違御門《すじかいごもん》から日本橋、京橋《きようばし》へと、商都の真ん中を南北に貫く大動脈である。

商品の輸送や買い物客たちで、朝早くから賑わう一帯だが、昼下がりともなると幾分のんびりとした風情を醸し出す。

『もみじ庵』を後にした六平太は、岩本町からそう遠くない、神田、上白壁町《かみしらかべちょう》を目指した。

目明かしの藤蔵の住まう町だから、家を訪ねるか自身番あたりに顔を出せば、行先は知れるはずだった。

「秋月様」

声が掛かったのは、藤蔵の家に向かう途中だった。

横の小路から、藤蔵の下っ引きが現れた。

「親分はおいでかね」

「それが、矢島様の御用であちこち飛び回ってまして」

下っ引きは、北町の同心、矢島新九郎の名を口にすると、

「ゆんべの、例の箱崎町の押し込みのお調べです」

と、付け加えた。

六平太が聞きたかったのは、その一件の調べの進捗ぶりだった。

本来なら矢島新九郎に聞いてもいいのだが、八丁堀《はっちょうぼり》の役宅を出ても、必ずしも奉行所にいるとは限らない。

それよりは、土地土地の目明かしを訪ねた方が手っ取り早かった。

「自身番でお待ちになりますか」

下っ引きに問われた六平太は、

「そうしよう」

返答して、先に立った下っ引きに続いた。

急ぎの用のないこの日、半刻《はんとき》（約一時間）くらい無駄にしても惜しいことはなかった。

下っ引きに続いて、下駄新道《げたしんみち》の角を左へ曲がった時、

「あ」

声を上げて、下っ引きが足を止めた。

鍛冶町の表通りの方から連れだって来る、新九郎と藤蔵が見えた。

「秋月さんが、親分をお訪ねで」

下っ引きが藤蔵に声を掛けると、六平太は、

「例の箱崎の押し込みのことを聞いてみたくなってね」

ありていに用件を打ち明けた。

「丁度良かった。秋月さんがご覧になったこととすり合わせたいこともありますので、自身番ででも」

新九郎の申し出に、六平太は頷いた。

三

六平太が案内されたのは、何度も訪れたことのある上白壁町の自身番だった。

自身番の作りはどこも同じで、玉砂利の敷かれたところの奥が上がり框になってい て、障子戸を開けたその奥に畳三畳の畳部屋がある。そこの壁には提灯《ちょうちん》が下がり、火鉢や碁盤などが備えてある。

畳の部屋の奥は、犯罪者などを繋《つな》ぎとめる鉄の輪のある三畳ほどの板の間となっていた。

各町にひとつ置かれている自身番には、警備のために大家をはじめ町内の者が交代で詰めることになっているが、治安を受けもつ同心や目明かしも立ち寄る。

六平太が、新九郎や藤蔵と入ったのは、畳の間だった。

「昨夜というか、今朝早くというか、押し込まれた鰹節問屋の金蔵は破られていましたよ」

一同、胡坐《あぐら》をかいて向かい合うとすぐ、新九郎が口を開いた。

「難を逃れた通いの番頭が言うには、金蔵には少なくとも七、八百両（約七、八千万円）はあったようです」

と、新九郎の話に藤蔵が補足した。

「それで、奉公人たちは」

六平太は、そのことが気になっていた。

今日未明に遭遇した二人の押し込みは、声を掛けた六平太に物も言わず匕首を向けた。

その動きから、底知れぬ酷薄さを感じ取っていたのだ。

「焼けた家の中から、七人の死骸が見つかりました」

新九郎は、突き放したように、淡々と口にした。

なにも、物言いが冷徹だというのではない。仕事柄、むごい殺され方をした死骸を新九郎は何人も見てきたのだ。それらにいちいち情を込めていては、やりきれないにちがいない。

「番頭や、通いの台所女中、出入りの者たちに死骸を見てもらい、さらに、死んでいた場所を勘案すると、殺されたのは、主人夫婦、その倅《せがれ》、住み込みの手代二人、台所女中二人の、締めて七人だと分かりました」

「皆殺しか」

ため息とともに、六平太が呟《つぶや》くと、

「いえ。若い女中が一人、幸い、厠《かわや》に入っていて命拾いをしました」

新九郎が、ふうと息を吐いた。

「その女中が、逃げて行く押し込みを厠の中から見ていました」

藤蔵が、押し殺したような声を出した。

若い女中によれば、暗がりだったので顔付きははっきり見えなかったが、押し込みの人数は八人だったという。

袋のようなものを抱えた六人が、庭を伝って鰹節問屋の裏手に去り、その少しあと、二人の男が厠の前を駆け抜けて、六人とは別の出口へと向かった。

「調べましたが、鰹節問屋の裏手は箱崎二丁目裏河岸と言って、荷船が付けられるようにに船着き場がありました。やつらはおそらく、船でやって来て、その船で逃げたと思われます。裏河岸からなら、崩橋を潜って日本橋川へも大川にでも行けますし、永久橋の方に向かっても、大川へ出て、上流下流どっちへも行けます」

藤蔵が、苦々しく言葉を吐いた。

「大川へ出れば、それこそ荒川《あらかわ》の上流へも行ける。深川に入り込めば、入り組んだ水路を東西南北どちらへも行けて、追手から逃げおおせるな」

六平太が独り言を呟くと、

「奴《やつ》ら、算盤《そろばん》ずくですよ。ただ、ひとつ、目論見違《もくろみ》いは、秋月さんに見つかったことです」

新九郎がそう吐き出した。すると藤蔵が、

「女中や秋月様の話から、見つかったのは、家に火を付けてから逃げ出した二人だと思われます」

と、続けた。

「先に逃げたのは六人だということだが、おれが、湊橋の袂から見た船には三人しか乗ってなかったぜ」

六平太が小首を傾げた。

「奴らはおそらく、二艘の船を用意していて、一艘は先にどこかへ去り、もう一艘が、火を付けた二人を待ち受ける手はずだったんじゃないかと思います」

おそらく、藤蔵の推測どおりだろう。

表通りの方から届いていた、冷水《ひやみず》売りの声が次第に遠ざかって行った。

「こんな荒っぽい押し込みには、腹が立つ」

いきなり、新九郎が押し殺した声を発すると、藤蔵が相槌を打った。

「これと同じような手口の押し込みを、どこかで聞いたような気がするが」

ぽつりと口にした新九郎は、

「奉行所の書付に残っているかもしれん」

と、思い立ったように腰を上げた。

その表情には、執念のようなものが張り付いていた。

南の空から北、あるいは西の方へ、烏《からす》が数羽、鳴きながら三々五々飛んで行った。

浅草元鳥越の北西には上野東叡山の森、北方には浅草寺などの大寺があって、烏の塒《ねぐら》には格好の場所である。

六平太は、奉行所に行くと言う新九郎と神田で別れると、そのまま『市兵衛店』へ帰ってきた。

煮炊きの煙の漂う路地を一番奥まで進み、自分の家の戸を開けると、土間から板の間に上がった。

帯に差していた刀を鞘《さや》ごと引き抜いて長火鉢に立て掛けると、床に仰向けになり、思いっきり伸びをした。

「秋月さん、待ってましたよ」

向かいの住人の三治が、開けっ放しの戸口から顔を突き出した。

「なんだい」

「なんだいじゃありませんよ。今朝、秋月さんが寝入ったあと、木場の『飛騨屋』さんに行って来ましたんで、その話の成り行きをお知らせしようと待っていたんでございますよ」

三治はそう言いながら板の間に上がり、長火鉢の傍で腰を落ち着けた。

「『飛騨屋』の旦那から、日本橋の旦那衆の吟行のお供の件、伺ってまいりました」

「それで、どうするんだ」

六平太は、上体を起こした。

「どうするも何もあぁた、こんないい話、受けなくてどうしますよぉ秋月さん」

芝居っけたっぷりの三治が、はすに構えて六平太に見得を切った。

噺家とは言え、暮らしを立てるために幇間のようなこともしている三治にとって、商家の旦那衆に知り合いが出来るというのは願ったり叶《かな》ったりだという。

「顔繋ぎが出来れば、思い出してはお座敷に呼んで下さることにもなるんです。そうなると、過分の御あしを頂戴《ちようだい》することにもなる。その上、いろんな方々ともお知り合いになる。それがあぁた、ひいては高座の仕事の糧にもなるという寸法でして」

そう力説した三治は、明日の早朝、葛を商う『鶴羽屋』に行き、吟行の一行七人と共に武州《ぶしゆう》、蒲生に発《た》つのだと口にした。

「顔繋ぎをしていただいただけでも有難いのに、秋月さんには『飛騨屋』さんからの橋渡しまでしていただいて、お礼の申しようがございません」

三治が、少し改まった。

「おれに、足を向けて寝れないだろう」

「当たり前ですよ、なに言ってるんですか。わたしゃいつだって、隣りの熊さんの方に足を向けて寝てますよ」

三治が、秘密めかしたように囁《ささや》いた。

ふふふと、六平太は笑い声を上げた。


翌朝、六つを過ぎた『市兵衛店』を曇り空が覆っていた。

だが、降り出しそうな気配はなかった。

朝餉を済ませて家を出た六平太は、静まり返った路地を木戸の方へと歩き出した。

朝暗いうちに、戸を開け閉めする音を二階の寝床で聞いた六平太は、三治が出掛けたことに気付いた。

それから四半刻して、大道芸人の熊八が仕事に出掛けたのも分かった。

シャラシャラという音が木戸の方に去ったのは、熊八が杖《つえ》代わりにした錫杖《しゃくじょう》の鉄の輪に違いなかった。

時節や商売する寺社によって、どんな姿にもなって稼ぐ熊八は、なんでも屋とも言われるくらい様々な職種に変装する。

『鹿島《かしま》の事触《ことぶ》れ』では神官に扮《ふん》するし、『歌念仏《がんにんぼうず》』では墨染の衣をまとった雲水《うんすい》にもなる。『ちょんがれ』で稼ぐときは、願人坊主になり切って錫杖を打ち振りながら謡い、踊るのだ。

熊八が出てほどなくして、大工道具を担いだ留吉が出かけて行く音を聞いた。

六平太は、この二日ばかり出かけている弥左衛門の家の前を通り過ぎて、『市兵衛店』から表通りへと向かった。

昨日、『もみじ庵』から請け負った付添いの仕事だった。

『もみじ庵』の親父、忠七によれば、芝《しば》にある小間物屋の主人からの依頼だという。

その主人の母親と、女房、そして、主人の姉妹という、女だけの道行が心配なので、下高輪《しもたかなわ》村の安泰寺《あんたいじ》への行き帰りに付き添ってもらいたいというものだった。

小間物屋は、芝、神明《しんめい》門前の七軒町《しちけんちょう》にあった。

だが、待ち合わせの場所に指定されたのは、芝神明の境内にある手水場《ちょうずば》の横だった。

刻限は六つ半（七時頃）という頃おいだが、空は相変わらず雲に覆われていた。

「『もみじ庵』の付添い屋さんでしょうか」

見るからにお店者《たなもの》と思える三十ばかりの男が、年の違う四人の女を引き連れて現れた。

「わたしは、小間物屋『久能屋《くのや》』の主《あるじ》で、新作《しんさく》と申します」

新作に挨拶された六平太は、

「秋月六平太です」

と名乗り、女たちにも会釈をした。

新作は、前の当主だった父親の五年目の祥月命日なのだと説明すると、

「これはわたしの母でして」

五十を幾つか越した老婆を指した。

「寅《とら》でございます」

主の母が名乗って、軽く腰を折った。

新作は次に、女房だと言う三十ほどの内儀、その内儀と年恰好が似ている女と二十代半ばの女を姉と妹だと口にして、引き合わせた。

姉妹は、年が離れているだけで、丸っこい体格と顔つきがよく似ている。

新作夫婦が並んで立つと、女房の方が三寸（約九センチ）ばかり背が高かった。

「今日はひとつ、よろしくお願い申します」

新作は、儀式をひとつ無事に終えたというような面持ちで息を継ぎ、六平太に軽く頭を下げた。

「それじゃ、参りましょうか」

主の女房の声で、六平太と女四人の一行が、新作の見送りを受けて神明宮を後にした。

下高輪村の安泰寺は、高輪泉岳寺《せんがくじ》の少し先だというから、芝からなら大した道のりではない。

「おしまさん、もう少しゆっくりめに歩けないかしら」

そう声を掛けたのは、姉妹の姉の方だった。

他の女たちより頭一つ抜きん出た新作の女房が、先頭で立ち止まったのを殿《しんがり》の六平太は眼にした。

おしまと呼ばれた新作の女房は、

「すみませんねぇお鶴《つる》さん。何も急いだつもりはなかったんですけど」

丁寧な口ぶりではあったが、姉のお鶴に会釈した笑顔の、片方の口の端が引きつっていた。

「おしまさんは、背が高い分、大股になりやすいのよ」

妹が、なんの屈託もなさそうに口を開いた。

「お亀《かめ》さん」

と、何か言いたげに後ろを振り向いたおしまは、それ以上何も言えず、軽く唇を嚙むと列の後方に下がり、六平太の前を歩き出した。

「わたしたちはいいけど、おっ母さんの年を考えたら、もう少しゆっくりの方がいいって、お亀は言いたかっただけですよ」

お鶴が妹を庇《かば》いだてすると、

「あんた、わたしのせいにしないでおくれ。太ってしまって、歩くのがきついのはお前やお亀じゃないのかい」

お寅が、姉妹に向かって口を尖《とが》らせた。

六平太は、目の前を行くおしまの両肩が大きく上下し、同時に、微かにため息が洩《も》れたことに気づいた。

安泰寺は、東海道《とうかいどう》の高輪中町《なかまち》から、ほんの少し右に入り込んだ先にあった。

男の足なら半刻足らずで歩ける道のりのはずが、四半刻も余計にかかった。

「ご本尊を拝んだら、すぐお墓参りですから」

おしまにそう言われた六平太は、女四人が入った本堂の外で待つことにした。

ご本尊を拝んだ四人の女たちが本堂から出て来ると、切り花と水の注がれた閼伽桶《あかおけ》を手にして待っていた、寺の小坊主二人と共に、境内の奥の墓地へ向かった。


寺を後にした女四人と六平太は、東海道に面した高輪中町の料理屋に入った。

「付添い屋さんもどうぞ」

お寅に声を掛けられて、ありがたくお相伴に与ることにした。

刻限は四つ半（十一時頃）時分だが、『久能屋』の面々は、昼餉を済ませてから芝に帰るつもりだったようだ。

女四人と六平太が通されたのは、二階の部屋だった。

「わぁ」

お鶴とお亀が声を上げて、開け放された窓辺に立った。

窓辺から、高輪の海が望めた。

曇り空で海は鈍色《にびいろ》だが、はるか東方に、房総《ぼうそう》の山並みが微かに黒く見えていた。

「お待たせをしました」

二人の女中が入って来て、

「ごゆっくりどうぞ」

五人分の昼餉の膳を並べ終えると、早々に出て行った。

席は、お寅とおしまが並んで座り、お鶴とお亀の姉妹と向かい合った。

六平太の御膳は、その両者の間に置かれていた。

お寅の声で、一同が弁当に手を付けた。

開け放された障子窓の外から、時折、鷗《かもめ》の啼《な》く声が入り込む。

「ねね、お昼食べたら、御殿山《ごてんやま》まで足伸ばさない？」

お亀が、お鶴に持ちかけた。

「御殿山か。帰りが遠くなるわね」

「そしたら、帰りは町駕籠に乗ればいいのよ。ねぇ、おっ母さん」

お亀は、母親のお寅に誘いをかけた。

「お金が掛かるようなことは、おしまさんのお許しがないとなんともねぇ」

お寅が、おしまの方をちらりと見た。

「どうしてわたしの許しがないと町駕籠に乗れないんですか、おっ義母《か》さん」

おしまは、音を立てて箸を置くと、まなじりを決して体ごとお寅を向いた。

「だって、今や『久能屋』のお内儀はおしまさんだもの」

お鶴が口を挟んだ。

「お内儀だからなんだって仰《おつしや》るんですか」

「跡継ぎの兄さんを尻に敷いて、『久能屋』を仕切っているのは誰なのよ」

お亀までおしまに不満をぶつけた。

それを機に言い合いが繰り返されたが、話の筋はほとんど理解出来なかった。

ただ、幾つかの断片から分かったのは、おしまは以前、『久能屋』の女中だったということである。

なるほど――腹の中で呟いた。

女たちのねじれのもとは、奉公人だったおしまが当主の内儀になったことだと分かって、六平太は小さく、二度三度と頷いた。

おしまが新作の女房になることには、お寅も二人の姉妹も反対したが、

「何ごとにも気の小さい新作には、おしまのように気性の強い女房が必要だ」

と、先代の当主の後押しで、おしまは新作の女房となった。

お鶴は、十年ほど前、尾張町《おわりちょう》の菓子屋に嫁いだのだが、五年前、実家に出戻って以来、菓子屋とは絶縁状態になっていた。

そんな話が脈略なく飛び交った後、

「わたし、もう我慢できませんからここで言わせていただきますが、お鶴さんもお亀さんも、店先に並んでいるものを、勝手に我が物にしないで下さい。半襟《はんえり》や櫛《くし》、笄《こうがい》、紅白粉《べにおしろい》まで、お金を払わず勝手に持ち出してることは分かってるんです。要るのなら、お金を払ってください。でないと、『久能屋』は立ち行かなくなります」

おしまの発言に、昼餉の座はしんと静まった。

その後、どこにも寄らずに芝に帰ることになったのだが、お寅と姉妹が、おしまと一緒に帰るのは嫌だと言い張った。

「ちょっと待ってください。みなさんが二手に分かれると、付添いの務めが果たせません」

困惑して、六平太が口を挟んだ。

「わたしたちは勝手に帰りますから、付添い屋さんは、おしまさんにお付きなさい

よ」

「それでいいんですね」

六平太はお鶴に、声を低めて静かに問いかけた。

「高輪の大木戸を出て西に向かったこの辺りは、江戸の外だということはご存じでしょうね。つまり、江戸を追われたり、町奉行所の手の届かない品川《しながわ》辺りで悪さをして日々を凌《しの》いだりしている破落戸《ごろつき》どもが行き来している東海道ですよ。いい着物を身に付けた女連れを見つけたら金を恵んでもらおうと、そんな連中が、手ぐすね引いて待ち構えているかもしれませんね」

六平太の芝居っけのある話しぶりに、女三人は息を飲んで青ざめ、ついには、四人揃っての帰宅に同意した。

四

晴れ渡った空から日射《ひざ》しが降り注いでいた。

家の外は暑そうだが、小さな庭に面した縁は日陰になっていて、それほどの暑さを感じないで済んでいる。

六平太は、団扇を片手に、碁盤に黒の石を置いた。

碁盤の向こうに座っていた市兵衛が、小さく、

「う」

と、声を洩らすと、六平太を上目遣いでちらっと睨《にら》んだ。

勝負に影響のあるような一手ではないのに、相手から予想もしないところに打たれると、市兵衛はいつも面白くなさそうな顔をする。

六十をとうに過ぎたというのに、そんな大人気のなさが、面白いと言えば面白い。

市兵衛は、元鳥越の『市兵衛店』の家主でもある。

今朝、六平太が井戸で洗面をしていると、

「昨日の昼、旦那様が見えまして、明日の朝、福井町《ふくいちょう》にお出で願えないものかと口にしてお出でしたが」

大家の孫七《まごしち》が近づいて、申し訳なさそうにそう告げた。

昨日、六平太が芝の小間物屋の女たちに付き添って高輪に行っている頃に市兵衛はやって来たようだ。

孫七は、市兵衛が日本橋で営んでいた茶舗で長年にわたって番頭を務めた男だった。

倅に家督を譲って市兵衛が隠居すると同時に番頭をやめて、『市兵衛店』の大家に転身した。市兵衛を旦那様と呼ぶのは、茶舗の頃の上下関係の名残りである。

「おそらく、半月前の囲碁の仇《かたき》を取ろうと言うつもりだろうな」

六平太が呟くと、

「そう思います」

と、孫七は控えめに頷いた。

断るわけにもいかず、朝餉を摂った後、六平太は浅草福井町の市兵衛の家に向かったのだ。

「実は今日、大川の納涼船の付添いがあるんで、勝負の途中でも、九つには引き上げさせてもらいたい」

福井町に着いてすぐ、市兵衛にその旨を打ち明けていた。

納涼船の付添いは嘘《うそ》ではなかった。

柳橋で船に乗り込む刻限は七つ半だったが、そのまま伝えたら、夕刻まで粘られる恐れがあったので、そこは、嘘をついた。

市兵衛がただの家主だったら、今日の囲碁にしても断ることは出来た。

しかし、六平太には頭の上がらない人物である。

藩を二分する抗争に巻き込まれた約十五年前、江戸屋敷勤めだった六平太は謂《いわ》れのない謀反の疑いを掛けられて、信濃《しなの》、十河《そごう》藩加藤《かとう》家を追放されて浪人となった。

その直後から六平太や妹の佐和《さわ》は、市兵衛の家作の世話になって今日に至っている。

佐和には内緒で三十両（約三百万円）もの大金を借りてもいたが、それは十年以上もかけて、昨年返済をし終わった。

言ってみれば、六平太と佐和の人生の半分以上を見てきたのが市兵衛だから、何ごとも、無下に断ることは出来かねるのである。

しばらく盤を睨んでいた市兵衛が、白い石を打った。

それを見て、六平太が腕を組むと、市兵衛はどうだと言わんばかりにほくそ笑んだ。

五つ半過ぎに囲碁を始めて、これまで一勝一敗だった。

六平太に、是が非でも勝ちたいという執着はなかった。

市兵衛に勝ったら、二、三日は恨まれる。

負けたら負けたで、わざと花を持たせたのではないのかという猜疑《さいぎ》の眼を向けられる。

だから、勝負のつかないまま引き分けた方が無難なのである。

勝つつもりのない六平太は、深く考えもせず、己の石を盤に置いた。

すぐに、次の手を打とうと白い石を摘まんだ市兵衛の手が止まった。

六平太の石を指して、なにか言おうとしてやめた。

「待ったほうがいいですか」

六平太が気を利かせると、

「待ったはなしというのが、二人の取り決めですから」

市兵衛の声に怒りが籠っていた。

「破ったってどうということはないでしょう」

六平太が笑みを浮かべると、

「このままでよろしい」

市兵衛は頑なに拒んで盤を睨み、長考に及んだ。

市兵衛の懊悩《おうのう》の訳が分からず、六平太が何気なく盤上に眼を遣《や》ると、

「あ！」

と、出そうになった声を咄嗟に飲み込んだ。

あと一手で、六平太の勝ちが決する石の配置だった。

どう足掻《あが》いても、市兵衛に勝ち目はない。

それでも、なんとかならないものかと盤を睨む市兵衛の執着が、六平太には不気味である。

このままでは、二勝一敗で六平太の勝ちとなる。

地震でも起きて、盤上の石を掻き混ぜてくれぬものか——腹の中で祈った時、静まり返った庭に、微かに鐘の音が届いた。

上野東叡山で撞《つ》かれた、九つを知らせる時の鐘だった。

「あぁ。お約束の九つとなりましたので、勝負の途中で残念ですが、わたしはここで

引き揚げさせていただきます」

さも無念そうな物言いをした六平太は、舌打ちを繰り返して庭の草履に足を通した。

市兵衛は碁盤を睨んだまま、一言も発しない。

「せめて、あと半刻猶予があればなぁ」

わざとらしく声にして、六平太は急ぎ庭を後にした。


福井町から足早に歩いて来た六平太は、鳥越川に架かる甚内橋《じんないばし》を渡ったところで歩みを緩めた。

揉《も》めることなく、市兵衛から逃げおおせたことにほっとしていた。

三叉路《さんさろ》の突き当たりに見える鳥越明神の境内は、繁った楠《くすのき》の葉に覆われている。

六平太は、鳥越明神横の小路へと足を向けた。

「こりゃ」

『市兵衛店』の木戸を潜った六平太は、思わず声を発して立ち止まった。

路地の奥から表に向かって来た新九郎と藤蔵に鉢合わせしたのだ。

「この前の、箱崎の押し込みの調べで、大川の岸辺を歩いて来たんですよ」

藤蔵が声を低めた。

「両国まで来たんで、秋月さんを訪ねようと思いましてね。いや実は、この前の押し込みと手口の似たものを見つけたもんですから」

「ここではなんです。我が家に上がってくださいよ」

新九郎の言に興味を抱いた六平太が誘うと、

「そうするか」

新九郎は藤蔵に声を掛け、六平太に続いて家の中に上がり込んだ。

「なんのもてなしも出来ないが」

六平太は火の気のない長火鉢を前に腰を下ろした。

新九郎と藤蔵が、向かいに並んで座った。

「その、似た手口っていうと」

「一年前、両国橋を渡った本所《ほんじょ》で起きた押し込みと、半年前、日本橋室町《むろまち》の押し込みが、この前の箱崎と似てるんですよ」

新九郎は、問いかけた六平太にそう答えた。

一年前の一件は本所で、敷地が千八百坪もある岩瀬検校《いわせけんぎょう》の屋敷に押し込みが入ったというものだった。

検校が無残に刺し殺された上に、住み込みの弟子と女中の二人も怪我を負わされ、屋敷にまで火が掛けられた。

近隣の大名、旗本屋敷などから人が駆け付け、敷地内の建物を焼いただけで類焼を免れた。

屋敷の横を竪川《たてかわ》が流れていたおかげで、水利の便が良かったようだ。

「琵琶《びわ》や管弦、あんまや鍼《はり》を生業《なりわい》とする盲人《もうじん》の最高位の検校が住む屋敷ですから、家の中にはそれなりの金があると踏んだ上での押し込みだったと思われます」

そう締めくくった新九郎は、

「日本橋室町の押し込みについちゃ、藤蔵から」

と、調べに関わったという藤蔵を手で指した。

藤蔵は、へいと返事をすると、半年前に起きた、室町の茶問屋の押し込みの一件を口にした。

それによると、主人夫婦は、親戚の法事で、相州川崎《そうしゅうかわさき》に泊まりがけで出掛けていて無事だったが、住み込みの手代一人が殺された。そして、女中ら三人が殺されかけた上に火が掛けられた。

その火で、茶問屋の両隣に延焼したという。

「家の建て込んだ日本橋で、大火事にならなかったのは、幸いでしたよ」

藤蔵が、当時を思い出したのか、ふうと小さく息を吐いた。

「その時、押し込みに盗られた金は、四、五百両（約四、五千万円）だったか」

新九郎が確かめると、

「へい、左様で」

と、藤蔵は頷いた。

「二つの押し込みとも、盗賊が合わせて何人だったか見た者はいません。家の中に付いた足跡から、恐らく、二つとも、総勢七、八人だったろうと、奉行所の書付に記されておりました」

新九郎の言に、先日遭遇した箱崎の押し込みと類似していると、六平太も感じた。


六平太は、新九郎と藤蔵に続いて我が家を後にした。

いつの間にか、日は西に大きく傾いていて、路地は翳《かげ》っていた。

大家の孫七の家の前に立っていた、旅装姿のお店者らしい若い男が、近づく六平太たちの方を見て、小さく会釈をした。

「あ、これは秋月さん、ただいま戻りましたよ」

孫七の家から出てきた旅装の弥左衛門が、笑顔でそう声を掛けた。

すると、弥左衛門の後ろから路地に出てきた孫七が、

「土産にと煎餅《せんべい》を頂きました」

小さな包みを六平太に見せた。

「秋月さんは、お出かけですか」

「これからちょいと、納涼の船の付添いがありまして」

六平太は、弥左衛門にそう返事をした。

「それじゃご隠居、わたしはここで」

若いお店者風が、お辞儀をしてその場を後にすると、

「粕壁のみなに、よろしくな」

弥左衛門が、去っていく男の背中に声を掛けた。

「それじゃ、わたしらも」

軽く片手を上げた六平太は、先に歩き出していた新九郎と藤蔵に追いついて、木戸を潜った。

五

翌日の五月十九日、六平太は日が昇ってから目覚めた。

前日は、日本橋の呉服屋が、顧客である大店《おおだな》の当主夫婦と娘二人を納涼船に招くというので、その付添いのために六平太も乗船した。

船の上といえども、不埒《ふらち》な連中には困ることがある。

乱暴な船頭が、船と船の間に割り込んで来て、揉め事を引き起こすこともあるし、

納涼の屋根船に飲み物や食べ物を強引に売りつける小舟も現れる。

そんなときの用心として、六平太のような腕の立つ付添い屋は重宝される。

船の上でも酒を勧められ、下船した後は、呉服屋の台所でお礼の酒を振る舞われた。

昨夜、六平太が『市兵衛店』に帰って来たのは、木戸が閉まる四つ（十時頃）まであとわずかという刻限だった。

今朝の目覚めが遅かったのは、いい酒を飲んでよく眠れたせいだった。

起きるとすぐ、竈で火を熾《おこ》し、釜一杯に水を注ぎ入《い》れて、沸かした。

沸いた湯で茶を淹れ、昨夜、呉服屋が持たせてくれた煮しめや稲荷寿司を朝餉にした。

「秋月さん、よろしいですかな」

弥左衛門が戸口に立ったのは、朝餉を摂り終えた六平太が、二杯目の茶を飲みかけた時だった。

「どうぞ」

六平太が入るように声を掛けると、

「昨夜は遅くなられたようなので」

弥左衛門は、煎餅を渡しそびれたと、小さな包みを土間近くの板の間に置いた。

「茶を淹れますから、上がりませんか」

「それは結構ですな」

弥左衛門は、土間を上がって、長火鉢の近くに座り込んだ。

「昨日、大家さんの家の前で見かけた若い衆は、粕壁からの付添いだったので？」

六平太は、茶を淹れながら尋ねた。

「そうなんですよ。一人でも大丈夫だというのに、跡継ぎがわたしを年寄り扱いしましてねぇ」

弥左衛門は小さく笑い声を上げた。

「どうぞ」

六平太は、長火鉢の縁に湯呑を置いた。

「いただきます」

軽く頭を下げて湯呑に手を伸ばした弥左衛門は、一口飲むと、

「そうだ。昨日、秋月さんと一緒にこの家からお出になったのは、お一方は御用聞きで、もうお一方はお奉行所のお役人とお見受けしましたが」

と、思い出したように呟いた。

「あぁ、そうだが」

そう返答して、六平太も湯呑を口にした。

「まさか、何かのお調べというわけではございませんでしょうな」

弥左衛門が、からかうような物言いをして六平太を覗き込んだ。

「おれが、役人に眼を付けられるようなことをしでかしたとでも、思ったのかな」

「いえいえ」

笑顔になった弥左衛門は、大きく右手を打ち振った。

「同心のほうは、四谷《よつや》にある道場の同門でしてね。以前から、調べの途中、近くに来た時など立ち寄ったりする間柄なんですよ」

「あぁ。左様でしたか」

得心したように頷くと、弥左衛門は湯呑に口を付けた。

「そうそう。弥左衛門さんが、粕壁の簞笥屋に養子に入る前、江戸で奉公していたのはなんという材木屋でしたかね」

六平太が何気なく尋ねると、

「なにか」

と、弥左衛門が笑顔を向けた。

「いや、付添い屋のおれを贔屓にしてくれている、木場の『飛騨屋』のご当主と話していて、以前、江戸の材木商に奉公していたお人が『市兵衛店』の住人になったと言った時、なんという材木屋だろうと聞かれたんだよ」

「秋月さんは、『飛騨屋』さんとお親しいということでしたねぇ」

笑みを浮かべた弥左衛門は、『飛騨屋』のような大店の当主が知っているような材木屋ではないのだと言って、小さく手を振った。

「秋月様」

戸口の外から声がした。

「入んな」

六平太が答えると、

「あ、お客さんでしたか」

帯に十手を挿した藤蔵の下っ引きが土間に立つと、弥左衛門に小さな会釈をした。

「またお調べのようですから、わたしはこれで」

笑顔で軽口を叩いた弥左衛門が、腰を上げた。

「煎餅、有難くいただくよ」

「わたしこそ、茶をご馳走になりまして」

弥左衛門は、土間に立っていた下っ引きに会釈をして、路地へと出て行った。

「何ごとだい」

六平太が声を掛けると、

「秋月様に仕事がないようなら、昼時分に、上白壁の自身番にお出で願えないかと、矢島様からの御言付けでした」

下っ引きは、畏《かしこ》まった物言いをした。

「行くと伝えてくれ」

六平太は、そう返事をした。


夏の日射しが真上から照り付けていた。

菅笠を被って歩きながら、さっきから何度も頬を撫《な》でている。

神田、上白壁町の自身番に行く前に、六平太は鳥越明神近くの髪結床《かみゆいどこ》に立ち寄った。

昼まで一刻以上も間があるので、髭《ひげ》を剃《そ》ろうと思い立ったのだ。

剃刀《かみそり》の具合か、若い髪結いの腕のせいなのか、髪結床を出てから頬がひりひりして仕方がない。

神田川を渡り、鍋町《なべちょう》を通り過ぎた辺りで、日本橋、本石町《ほんごくちょう》の時の鐘が鳴った。

九つである。

鐘が鳴り終わったころ、六平太は自身番の外の玉砂利に立った。

開け放された障子の向こうに、新九郎と藤蔵がいて、

「お上がりを」

と、新九郎から声が掛かった。

「たったいま、冷水売りが通りかかりましたんで」

藤蔵が、座った六平太の横に湯呑を置いた。

「ありがたい」

そう言うと、六平太は湯呑の冷水を口に含んだ。

「うめぇ」

六平太の口から、吐息のような声が出た。

汲《く》みたての冷たい井戸水に白玉餅と砂糖の入った飲み物は、暑さに火照った体に染み入るようで、心地よい。

「早速ですが秋月さん」

新九郎が、静かに口を開くと、

「わたしの知り合いに、関八州取締出役《かんはっしゅうとりしまりしゅつやく》の者がいましてね。その男に、箱崎の押し込みの様子を話したら、武州や常陸《ひたち》にかけて、これまでに何件も似たような押し込みがあるというのです」

そう打ち明けた。

新九郎の知り合いは笹本《ささもと》という男で、保管されていた記録を再度確かめて、過去の事件を教えてくれたという。

五年前に、常陸の石岡《いしおか》の米問屋に押し込んだ盗賊は、七百両（約七千万円）を盗み出した挙句、家人や奉公人六人を殺した上に火を掛け、周囲の数軒を焼いた。

その半年後には、武州、熊谷《くまがや》の材木商が押し込みに六百両を奪われ、奉公人を含めて五人が惨殺され、やはり、火が掛けられた。

その後、四年前には下総の関宿《せきやど》の両替屋、三年前には武州、岩槻の呉服屋、そして二年前には下総、佐原《さはら》の造り醤油《じょうゆ》屋が押し込まれた。

「盗まれた金の額、殺された人数はまちまちですが、いずれも押し込んだ先に火を付けて逃げています」

新九郎は、苦々しげな声を出すと、さらに、

「笹本によれば、これら一連の押し込みは、以前から目をつけていた行田《ぎょうだ》の幾右衛門《いくえもん》を頭とする盗賊の仕業だということです」

と、続けた。

だが、二年前の佐原の押し込みを最後に、関八州取締出役が受け持つ管内で、行田の幾右衛門一党が関わったと思える押し込みは発生していないらしい。

「ところが、この前の箱崎町や、一年前に本所の検校屋敷、半年前に日本橋の茶問屋に入った押し込みの話をしたら、行田の幾右衛門の手口と同じだと、はっきり口にしたんです。やつら、図に乗って、将軍家お膝元に乗り込んで来たに違いないとまで言うんですよ」

新九郎の鼻息が荒くなっていた。

関八州取締出役は、長年に亘《わた》って行田の幾右衛門一党を追っているが、幾右衛門の人相どころか、一党の陣容さえも摑《つか》んでいなかった。

「行田の幾右衛門の押し込みには、船が使われていると笹本は言うんです。そう言われて書付を読むと、常陸の石岡近くには霞《かすみ》ケ浦《うら》があり、利根川《とねがわ》にも繋がってます。佐原には利根川の支流が入り込んでいます」

「そうでやすね」

黙って聞いていた藤蔵がぽつりと声を発した。

「関宿は利根川と江戸川に挟まれておりまして、船で逃げるには持って来いの場所ですし、熊谷、岩槻は、荒川が近くを流れています」

と、補足した。

六平太は大きく頷いた。

「矢島さん、その行田の幾右衛門が水運を使いこなしているというのは、大当たりだね。江戸の室町には日本橋川が入り込んでるし、本所は大川から乗り込める。この前の箱崎町に至っては、大川の流れのただ中だよ」

「えぇ。笹本も、そのことを言っていましたよ」

新九郎が、六平太に頷いた。

「矢島、江戸の押し込みなら奉行所の出番だろ。役に立つことはなんでも教えるから、行田の幾右衛門一党を必ずお縄にしてくれよ」

笹本から、そのような励ましを受けたと口にして、唇を固く結んだ。

上白壁町の自身番を出た六平太と新九郎は、昼餉の蕎麦を手繰った後、別れた。

新九郎は奉行所に戻るといい、六平太は、神田、岩本町の口入れ屋『もみじ庵』に寄ってから、浅草、元鳥越に戻ることにした。

『もみじ庵』に顔を出したものの、

「参勤で江戸に入る大名家が、槍《やり》持ちや挟箱《はさみばこ》担ぎ、乗り物を担ぐ陸尺《ろくしやく》を求めておりますが」

親父の忠七が口にしたのは、力仕事だった。

「それは、付添い屋の仕事とは言えねぇな」

「そうは仰いますが、以前、若党となって行列に加わったことがあったじゃありませんか」

忠七が口にしたのは、六、七年前のことだった。

越後《えちご》国から江戸へ入る大名家の参勤の列に、日雇いとなって加わったことがあった。

「いや、あの時は月々の支払いに追われていて、背に腹は代えられなかったのだ」

そう抗弁すると、また来ると言い残して、『もみじ庵』を後にした。

「今度、何でもいいから仕事を回してくれと仰っても、わたしは知りませんよ」

忠七の声を背中に受けた六平太は、その足を浅草、元鳥越へ向けた。

家に戻らなければならない用などなかったが、他にすることもなかった。

木戸を潜って『市兵衛店』に足を踏み入れた六平太は、思わず足を止めた。

下帯一つで井戸端に立った三治が、濡《ぬ》れた手拭いで体を拭いていた。

「今、帰りか」

六平太が声を掛けると、

「そうなんですよ。湯屋へ行く手もあるにはありましたが、ここで汗と埃《ほこり》を落として、木場に行こうと思い立ちました」

三治は、『飛驒屋』の山左衛門に、無事帰って来た報告をしに行くつもりだという。

「『飛驒屋』なら、おれもついて行きたいね」

「そりゃぁいいが、よほど暇らしいね」

へへへと笑った三治が、六平太の同行を快諾した。

連れだって木場に向かった六平太と三治が、『飛驒屋』に着いたのは八つ半（三時頃）という時分だった。

裏木戸から入り、母屋の戸口で声を上げると、

「あら、お二人お揃いで」

と、顔見知りの女中、おきちが応対に出た。

「今日、蒲生から戻りましたんで、旦那にご挨拶に伺いました」

三治がそう口上を述べていると、

「あら、秋月様と三治さん」

台所の方から出てきた登世が、足を止めた。

「お父っつぁんなら店の方にいますから、上がってお待ちください」

登世に勧められるまま、六平太と三治は履物を脱いで、三和土《たたき》を上がった。

「じゃ、旦那さんにはわたしが」

言うとすぐ、おきちは表の方へ急いだ。

「お二人は、どうぞこちらへ」

登世の案内で、六平太と三治は、中庭に面している小部屋に通された。

「冷めた麦湯でもお持ちしますね」

そう口にした登世は、部屋を出て行った。

ちりんちりんと、中庭に下がっている風鈴が鳴った。

日陰になっている中庭の細い竹の葉が、部屋を通り抜けてくる風にさらさらと小さく揺れている。

「おぉ、これはこれは」

足音を立てて廊下に現れた山左衛門が、部屋に入って来た。

「お揃いで何ごとですか」

「三治がこちらに挨拶に行くというので、わたしはそれにくっついて来ました」

暇だったのでと、六平太はありていに白状した。

「旦那さん、この度は、『鶴羽屋』の旦那さんと引き合わせて下さり、その上、旦那衆や俳諧の師匠の吟行にお口添えを戴きまして、まことありがとう存じました」

丁寧に手を突いた三治は、さらに、

「本当は昨日江戸に戻る予定でしたんですが、なんと昨日、綾瀬川《あやせがわ》の増水で川止めを食ってしまいまして、今日になってしまいました」

と、続けた。

「そりゃ、難儀なことでしたな」

「でもまぁ、同行の旦那衆にしても俳諧のお師匠さんにしても、災いに目くじらをたてるどころか、川止めを楽しもうとなさるところなんぞ、わたしは大いに感心したくらいで」

三治が、畳んだままの扇子で己の額を軽くぽんと叩いた。

「蒲生の方は、大雨だったのか」

六平太が尋ねた。

「いや。粕壁から江戸に向かっていた旅商人の話じゃ、見沼《みぬま》や利根川の上流の方で降った雨のせいで、一昨日から昨日にかけて川止めになったと言ってましたがね」

三治はそう説明した。

「お待たせしまして」

湯呑の乗ったお盆を持って、登世が現れた。

「いま、なんだか雨だとかいう声がしましたけど」

三人の前に麦湯を置きながら、登世が尋ねた。

「三治さんは、蒲生の近くで川止めに遭ったそうだよ」

そう言いながら、山左衛門が湯呑に手を伸ばした。

「それじゃ、一日余計に蒲生でお泊まりに」

「余計と言えば余計ですが、それが苦にならなかったところが、此度《こたび》の吟行の摩訶《まか》不思議な面白さでございまして」

「三治さんは、『鶴羽屋』の東左衛門《とうざえもん》さんたちとの吟行は楽しかったと言って下さったんだよ」

山左衛門の言葉に、

「仰る通りでございます」

三治は、大きく相槌を打った。

昨日の昼過ぎに川止めは解かれて綾瀬川を渡ったが、日のあるうちに江戸に行きつける道のりではなく、三治たち一行はやむなく、昨日の夕刻、亀有《かめあり》で宿を取ったという。

そして、今朝亀有を発《た》って、昼過ぎに江戸に戻ったのだ。

猪牙船《ちょきぶね》は、神田川に架かる柳橋の北側に停《と》まった。

「ありがとよ」

六平太と三治は、猪牙船の船頭に礼を言って岸辺に飛び移った。

間もなく六つという頃おいの神田川の河口付近は、西日に染まっていた。

「秋月様も三治さんも、今日はゆっくりして行ってよろしいんでしょう」

登世から夕餉の誘いがあったのだが、珍しく三治が遠慮をした。

酒が入れば帰るのが億劫《おっくう》になるおそれがあると口にして、旅から帰った今日は、元鳥越の近くで夕餉を摂りたいと言い張ったのだ。

それには、六平太も賛同した。

「それじゃ、船でお帰りなさい」

山左衛門の気遣いのおかげで、木場からの帰りは楽が出来た。

浅草御蔵前を左に曲がった六平太と三治は、寿松院門前にある居酒屋『金時』の暖《の》簾《れん》を割った。

『金時』に立ち寄ることは、猪牙船の上で決まっていた。

「あら、今日はお二人だけですか」

小太りのお運び女のお船《ふね》が、入った六平太と三治に笑顔を向けた。

「奥へどうぞ」

お船の勧めに従い、二人は客の居ない板張りに上がると、板場近くに腰を下ろした。

「お船ちゃん、まず冷やを二本ばかり頼むよ」

「はぁい」

と、三治の注文にお船が答えた。

運ばれた酒を飲みはじめると、頼んだ膾《なます》や焼き魚、煮しめが六平太と三治の前に並んだ。

それらに箸を付けていた六平太が、ふっと手を止めた。

「ちょっと、妙なことがあるんだがな」

『飛騨屋』にいた時分から気になっていることがあった。

蒲生の北方の粕壁に行っていた弥左衛門は、昨日のうちに帰って来ていたのだ。

増水した綾瀬川を、弥左衛門がどうやって渡り切ったのか、もやもやしたものが六平太の胸にはあった。

「長年粕壁に居た弥左衛門さんですから、なにか手立てがあったのかも知れませんよ」

酒で顔を赤らめた三治は、なんの関心も示さず、高野豆腐の煮しめを摘まんだ。

三治の言ったとおりかも知れんが――六平太は釈然としないまま、盃を呷《あお》った。


夏の時期、五つ（八時頃）という刻限は寝るにはまだ早い。

だが、旅の疲れか、三治は早々と酒に酔った。

居酒屋『金時』を出た六平太は、千鳥足の三治に肩を貸して『市兵衛店』へと帰り着いた。

路地はしんと静まり返っていたが、大道芸人の熊八の家と、その向かいの弥左衛門の家に明かりが灯っていた。

三治の家は、路地の一番奥の、六平太の家の向かいである。

六平太が三治の家の戸障子を開けた時、

「秋月さん」

と、声が掛かった。

家から出た弥左衛門が、路地に立っていた。

「それじゃ、わたしゃ」

三治は六平太の肩から手を放すと、覚束ない足どりで、家の土間に入って行った。

「なにか」

六平太が、弥左衛門に体を向けた。

「夕刻でしたが、秋月さんを訪ねてお侍がおいでになりました」

「侍ですか」

「信濃、十河藩江戸屋敷の富坂《とみさか》と仰る若者でしたが」

「あぁ」

と、六平太は小さく声を出した。

供番という役目の富坂徹太郎《てったろう》は、近々、殿様の帰国の供をして信濃に行くことになっていた。

「留守だと伝えますと、そのお侍は、いずれまた訪ねると言い残して帰って行かれましたよ」

弥左衛門が、小さく笑みを浮かべた。

「分かりました。わざわざありがとうございました」

「それではおやすみなさい」

軽く会釈して、弥左衛門は自分の家の中に入って行った。

踵《きびす》を返した六平太は、家の戸に手を伸ばしかけて、ふっと隣家に眼を遣った。
弥左衛門は、どんな方法で川を渡ったのか——先刻の疑問が、ふっと蘇《よみがえ》る。
どこかで猫の啼き声がした。

第三話　裏の顔

一

下谷同朋町《したやどうぼうまち》の小路《こうじ》を抜けて上野広小路《ひろこうじ》へと出ると、夜明け前だというのに、多くの人が行き交っていた。

出職の大工や左官、町々を巡って売り歩く担ぎの物売りたちの間を縫うように、棒《ぼ》手《て》振《ふ》りが威勢よく駆け抜け、荷を積んだ馬や大八車も行き交っている。

三橋《みはし》を通って不忍池《しのばずのいけ》の東岸に足を向けた頃、白々と明けてきた。

池の畔《ほとり》の家並みが途切れたところで、秋月六平太《あきづきろっぺいた》は足を止めた。

水面で葉を広げた蓮《はす》が夜露を付けているのが見える。

蓮の花を見るには、月が替わる六月まで待たなければならない。

六平太はほんの寸刻立ち止まっただけで、池の中に突き出た生池院《しょうちいん》の方へ歩み始めた。

行先は、根津宮永町《ねづみやながちょう》にある、絵師、仙谷透水《せんごくとうすい》の家である。

神田岩本町《いわもとちょう》の口入れ屋『もみじ庵《あん》』の親父、忠七《ちゅうしち》によれば、絵になりそうな場所を探して歩き回るのに付添うのが仕事だった。

歩き回る刻限が短かろうと長かろうと、付添い料が一分（約二万五千円）というのはありがたい。

不忍池の東岸を進んだ六平太は、池の北端から左に曲がって、藍染川《あいそめがわ》に沿った道を北へと向かった。

途中、藍染川に架かる小橋を渡り、武家地の小路を抜けた先が根津宮永町である。

仙谷透水の家は、五千石の大身の旗本、内藤加賀守《ないとうかがのかみ》の屋敷の向かい側にあった。

両家の間には南北に流れる小川があり、その東側に内藤家、西側に仙谷透水の住まう平家があった。

巡らされた板塀の向こうに何本もの樹木が伸びていて、平家ながらも五つや六つの部屋数はありそうな構えである。

格子の木戸を開けて中に入った六平太は、

「ごめん」

戸口に立って声を掛けた。

中から返事はなかったが、台所からだろうか、薪《たきぎ》を燃やした匂いが流れてきた。

ほどなく足音がして、両開きの戸障子を開けた総髪の男が、一瞬眉をひそめた。

「口入れ屋『もみじ庵』から参った付添いだが」

六平太が口を開くと、

「あ。それならば聞いておりました。いやいや、まさか、ご浪人の付添いとは思いもせず。ささ、中へ」

袴《はかま》を穿《は》いた総髪の男が、顔を綻ばせて促した。

畳二畳分はある三和土《たたき》で草履を脱ぐと、六平太は男に続いて廊下を進んだ。

通されたのは、小さな庭に面した六畳ほどの部屋だった。

夜は明けはじめていた。

「わたしは、通いの弟子で及川恵良《おいかわけいりょう》と申します」

「わたしは、秋月六平太」

そう名乗ると、

「通いと申されたが、ここに住み込みの弟子もおいでなので？」

好奇心に駆られて、尋ねた。

「はい。二人の弟子が寝泊まりをしてます」

三十代半ばと見える及川恵良が、小さく頷《うなず》いた。

「嵐月《らんげつ》ですが」

襖《ふすま》の外から若い男の声がした。

立った恵良が襖を開けると、湯呑《ゆのみ》を二つ盆に載せた若者が座っていた。

「お、気が利くな」

「早朝のお客人なら、多分、今日の付添いのお人だろうからと、露風《ろふう》さんに言われましたので」

嵐月と呼ばれた弟子がそう言うと、

「茶はわたしが」

恵良がお盆ごと受け取ると、外から嵐月が襖を閉めた。

「五十という年の割に、透水先生はお元気なのですが、ただ、昔に比べると足腰もお弱くなりまして。先日も、外歩きの途中、二度ばかり転ばれましてね」

声を低めた恵良が、湯呑を六平太の前に置いた。

「いただきます」

六平太は湯呑を口に運んだ。

値の張る茶葉らしく、香りが立った。

「透水先生は景色を描かれる絵師ですから、風景を求める外出をお止めするわけにいかないのですよ。それで、用心のためにと、口入れ屋さんに」

そこまで口にした時、庭の奥の離れのようなところからやって来る、五十絡みの男と若い女の姿が六平太の眼《め》に止まった。

その二人はまっすぐ部屋に入って来て、六平太の前に五十絡みの男が座り、若い女は恵良の横に座った。

「仙谷透水先生です」

恵良が、五十男を指し示して、六平太に声を掛けた。

透水は、総髪に投げ頭巾を被《かぶ》り、裾のすぼまった軽衫《かるさん》を穿いていた。

「こちらは、付添いの、秋月さんです」

恵良が、透水に引き合わせた。

「口入れ屋には、ご浪人をと頼んだのか」

透水の物言いは、特段、咎《とが》めだてしている風ではなかった。

「わたしがお願いしたのは、足腰が強く、出来れば武芸に心得のある人をと」

恵良が畏《かしこ》まった。

『もみじ庵』の親父によれば、この日空いていたのはおれだけだったようだ。今から取り換えが利きそうなら、誰か他の者と代わってもいいが。口入れ屋によっては、元は相撲取りだった強い男もいると聞く」

六平太の言葉に嘘《うそ》はなかったし、嫌味を口にしたつもりもなかった。

「いやいや、なにも不服を口にしたわけではないのです。是非、秋月様にお願いを」

透水は、六平太に軽く頭を下げると、

「今日は、弟子を伴いますのでご承知おき下さい」

と、言い添えた。

「弟子とは」

恵良がお伺いを立てると、

「わたしがお供することになりました」

透水と共に部屋に入って来た二十代半ばほどの女が、恵良に軽く頭を下げた。すると、六平太を向いて、

「川路《かわじ》露風と申します」

と、会釈をした。

よくよく見ると、座った露風の脛《すね》には脚絆《きゃはん》が巻かれていた。

「水筒と弁当をお持ちしました」

女中と思《おぼ》しき四十くらいの女が縁に座ると、風呂敷の包みと水筒を露風の側《そば》に置いた。

露風は、風呂敷包みを肩から斜めに慣れた手つきで背負い、胸元で結んだ。

「先生、いつでも」

露風が声を掛けると、透水は頷いて腰を上げた。

六平太は、恵良や嵐月、それに女中の見送りを受けて宮永町の仙谷透水家を後にした。

六平太は家を出る間際、

「まずは駒込《こまごめ》へ行く」

透水からそう告げられていた。

露風が、杖《つえ》をついて歩く透水のすぐ後ろに続き、根津権現の北方、千駄木坂下町《せんだぎさかしたまち》の四つ辻《つじ》を左に曲がった。

坂の上の日光御成道《にっこうおなりみち》へ出るのだろう。

無地の梅幸茶《ばいこうちゃ》の着物と、鼠《ねずみ》地に黒の縦縞《たてじま》の帯を締めた露風の装《な》りは、若い女にしては案外地味だった。

日の昇る前で、透水も露風も菅笠《すげがさ》を被ることなく、ゆっくりと坂道を上った。袴姿の六平太も、前の二人と同じように菅笠を背負っている。

坂を上り切って日光御成道へ出ると、先頭の透水は右へ折れた。

そのまま道なりに行けば、駒込まで迷うことはない。

東の空に朝日が昇る頃、一行は駒込の吉祥寺《きちじょうじ》に差し掛かった。

透水は吉祥寺には入らず、朝日が昇った方に向かって野道を進んだ。

立ち止まっては辺りを見回し、畑地の畦道《あぜみち》を行きつ戻りつしながら、四方に眼をやった。

そんな動きを別の場所でも繰り返したあと、御成道に戻った透水は、小さな寺の境内に入った。

「南谷寺《なんこくじ》です」

透水に続いて山門を潜《くぐ》った露風が、六平太にそう呟《つぶや》いた。

御成道を挟んで、吉祥寺のはす向かいに位置する南谷寺の本尊は阿弥陀如来《あみだにょらい》だが、五色不動《ごしきふどう》のひとつ、目赤《めあか》不動も本尊としているという。

本堂の外の、屋根のない回廊に上がり込んだ透水は、矢立《やたて》を取り出した。

懐に差し込んでいた書画帖《しょがちょう》を開くと、白紙に筆を走らせた。

「では、わたしは不動堂で」

露風は本堂の脇に建つ堂宇へと向かった。

草鞋《わらじ》の紐《ひも》を解いた露風は階《きざはし》を上がり、格子戸の外から堂の中を覗《のぞ》き込んでいる。

六平太は、透水の手元の書画帖に眼を転じた。

紙には、畑地の先に建つ吉祥寺の遠景が描かれていた。

素人の六平太の眼にも、それは見事な出来に映った。

紙を綴《と》じた書画帖の絵は、おそらく下描きだろう。

見てきた風景などを描きためて、後日、大きな紙に本画を描くに違いない。

ふっと顔を上げた六平太の眼に、不動堂の階に腰掛けて、筆を動かしている露風の姿が見えた。

さっきまでの様子と違い、露風の横顔には、挑みかかるような気迫が漲《みなぎ》っていた。


「露風さんのも見て来るか」

まるで断りをいれるように声を発すると、六平太は本堂から不動堂に移動した。


「見せてもらいますよ」

六平太は階に上がって覗き込んだが、露風はなんの反応も示さなかった。

透水と同じ書画帖に描かれている絵は、眼を剝《む》いた目赤不動の憤怒《ふんぬ》の形相だった。

ほう——透水との作風の違いが意外で、六平太は思わず腹の中で声を上げた。

昇った日の高さから、刻限は五つ半（九時頃）くらいと思われる。

今朝早く『市兵衛店』を出たため、ろくなものを食べていなかった六平太は、南谷寺で空腹に襲われた。

寺の外に食べに行く許しを得ようとすると、仙谷家の女中が持たせてくれた弁当から、露風が握り飯をひとつ分けてくれて、なんとか空腹は凌《しの》げた。

「次は初音里《はつねのさと》にしよう」

南谷寺を出る際、笠《かさ》を被りながら透水が露風に呟いた。

一行は、一刻《いっとき》（約二時間）ほどで駒込を後にした。

透水が口にした初音里というのは、小石川《こいしかわ》村の御薬園《おやくえん》の一角にあり、鳥の声を聞きに文人墨客や通人が訪れる場所である。

御成道を引き返して来た六平太一行は、小石川白山前町《はくさんまえまち》の高札場《こうさつば》を左に見て、白山坂を下り、蓮華寺坂《れんげじざか》をさらに下った。

坂の下の右手にある、今治藩《いまばり》、松平駿河守《まつだいらするがのかみ》家下屋敷北辺の小路へ入り込んだ一行は、角を二つ折れた先にある初音里に着いた。

だが透水は、一度も足を止めることなく、そのまま坂下へと足を向けた。

御薬園と接する大名屋敷の南側には、小石川村の畑地が広がっていた。

その畑地を東西に流れる川に架かる小橋の上で、やっと透水は足を止めた。

六平太と露風も、透水の横に並んだ。

日はだいぶ上がったものの、足の下からせせらぎの音が湧き上がり、水辺は心なしか涼やかに感じられた。

透水と露風は、駒込の時と同じように、思い思いの所に陣取って、書画帖に筆を走らせはじめた。

透水は、小橋の下から曲がりくねった川を眺め、露風は畑地の畦道の近くに立つ、葉の繁った枝を八方に伸ばした楠《くすのき》の根元で筆を執った。

六平太は菅笠を被ったまま岸辺に腰掛け、小川の水に両足を浸《つ》けて涼を求めた。

時々ふっと風が通ると、畑地で繁る樹木や竹林から、葉擦れの音が心地よく届いた。

四半刻《しはんとき》（約三十分）ばかり経《た》った頃、小橋の下から透水が出て来て、土手を這《は》うようにして上がるのが見えた。

手拭いを取り出した六平太が濡《ぬ》れた足を急ぎ拭き、土手の道に上がった時には、透水の側には露風が立っていた。

「これから、音羽《おとわ》に行って、護国寺《ごこくじ》界隈《かいわい》を歩くことにする」

透水が六平太にそう告げると、

「そこで、昼過ぎまで過ごして根津に戻ります」

露風が付け足した。

しめた――音羽と聞いて、六平太は、腹の中で快哉を叫んだ。

小石川村から音羽は、眼と鼻の近さである。

透水が言い出さなければ、六平太は二人に護国寺の庭や江戸川の大洗堰《おおあらいぜき》を見るよう勧めようと思っていたくらいだ。

「ここからの道は、わたしが先に立ちましょう」

二人の返事を待つことなく、六平太は小橋を西へ渡り、武家地の坂を上がった。

坂を上がり切ったところは三叉路《さんさろ》になっており、六平太は迷わず右へ曲がり、大塚《おおつか》台町《だいまち》へと足を向けた。

大塚の台地をそのまま進むと、大塚仲町《なかまち》の三叉路にぶつかった。

そこを左に折れると、護国寺門前に通じる富士見坂《ふじみざか》となる。

「これからしばらくは別々に動くと言うのは、どうだな」

護国寺の門前まで来た時、透水が六平太にそう切り出した。

「秋月さんも、少しは気ままに過ごしたいでしょうから、昼餉《ひるげ》も各々勝手に摂《と》るということでいかが」

「わたしは構いませんが」

そう答えたものの、別行動を取った間に二人に何かあれば、付添い屋の落ち度と責められかねない。

「何かあっても、秋月さんのせいにはしませんよ」

六平太の不安を察したかのように、透水が笑みを浮かべた。すると、

「これは、些少《さしょう》ですが昼餉代の足しに」

と、六平太の掌《て》を取った露風が、五十文（約千円）ほどを載せた。

「それで、待ち合わせは何刻《なんどき》に」

六平太が尋ねると、

「八つ半（三時頃）にここで」

透水はそう言い残して、露風と共に護国寺の山門を潜り、境内の人混みの中に紛れた。

二

護国寺門前から江戸川へと緩やかに下る参道の西側に、並行する小路が一本ある。

いつも、夕方の早い刻限から日陰になるような小路なのだが、真上から射し込む日射しを浴びて、陽炎《かげろう》を立てていた。

六平太は、台箱を下げたおりきの先に立って、居酒屋『吾作《ごさく》』の縄暖簾《なわのれん》を割った。

「いらっしゃい」

客の前に飯と汁物を置いたお国《くに》が、店に入った六平太とおりきに会釈をした。

「あれ。兄ぃ、来てたんですか」

板場の中から、菊次《きくじ》が首を伸ばした。

六平太は、根津からの付添いの流れで音羽に来た経緯を説明した。

「それで、おりきの家に行って、飯でもと思ったんだがよ」

「わたしは、髪結《かみゆい》に行かなきゃならないから、外で食べる腹だったんだよ」

そう言って、おりきが苦笑いを浮かべた。

「おりき姐《ねえ》さん、何にしましょう」

「飯と味噌汁《みそしる》と焼き魚だね」

菊次に返事をすると、

「それを二つ」

と、六平太が続けた。

「それじゃ、あちらへどうぞ」

お国が、奥の飯台を指し示した。

六平太は、台箱を足元に置いたおりきと向かい合わせに掛けた。

昼間の暑い時に外に出るのを嫌がるのか、客は少なく、担ぎ商いの薬売りと飴《あめ》売り、それに、『猫いらず』の幟《のぼり》を傍《そば》に立て掛けて食べている男三人だけである。

「お代はええと」

飴売りの男が、壁の品書きに眼を向けた。

「二十文（約四百円）になります」

お国が板場から出て来ると、六つになる公吉《こうきち》も付いて来た。

「ほい、二十文」

飴売りは、公吉の手を取って銭を持たせた。

「ありがとう」

公吉は、銭をお国に手渡すと、空いた器を片付けに掛かった。すると、

「坊主、おっ母《か》さんの手伝いか」

首から箱を下げた飴売りが、公吉に声を掛けた。

「そうだよ」

「感心感心。口を開けな」

飴売りは、箱の中から飴を一粒摘《つ》まんで、公吉の口の中に入れた。

「ありがとうございます」

お国が腰を折ると、飴売りは、なぁにと手を振って、外へ出て行った。

器を持った公吉が板場に行くと、お国がすぐに飯台を拭いた。

「よかったな、公吉」

「うん」

板場から、菊次と公吉のやり取りが届いた。

「この間、夕方店を開ける前、菊次がお国さんと公吉と一緒に湯屋から出て来るのを見てしまったよ。あれは、どう見ても親子だったよ」

おりきが突然、六平太に顔を近づけて囁《ささや》いた。そして、

「菊次とお国さん、なるようになるんじゃないのかねぇ」

と、続けた。

「お国さんが一つ二つ年上じゃなかったか」

板場の方に眼を向けて、六平太は呟いた。

「菊次のような男には、案外、抑えの利く年上の方がいいのかもしれないよ」

おりきがそう言い切った時、板場の方で、菊次とお国の笑い声が弾《はじ》けた。

菊次は皿を出しながら笑みを浮かべ、お国はお盆を拭きながら微笑《ほほえ》んでいた。

六平太とおりきは、思わず顔を見合わせた。


『吾作』で昼餉を摂った六平太とおりきは、日射しの照り付ける護国寺の参道へ出た。

おりきは、音羽八丁目の妓楼《ぎろう》の女将《おかみ》の髪を結いに行くという。

「待ち合わせの刻限までは半刻《はんとき》（約一時間）以上もあるし、わたしの家でひと眠りし

たらいいじゃないか」

「それで寝過ごしでもしたら、付添い屋の名折れだ」

六平太は苦笑いを浮かべると、

「護国寺さんの境内をぶらぶらするさ」

「それより、桜木町《さくらぎちょう》の親方のところにでも顔を出せばいいじゃないか。あそこなら、寝入っても誰かが起こしてくれますよ」

おりきは、甚五郎《じんごろう》の住まう町名を口にした。そして、

「あそこには穏蔵《おんぞう》もいることだし」

とも言い残すと、広い参道を横切って行った。

甚五郎の家に行けば安心して昼寝は出来そうだが、おりきに、穏蔵目当てだと思われるのは癪《しゃく》だった。

六平太は、参道を護国寺の方へ向かって歩き出した。

「秋月の旦那」

声がかかったのは、五丁目を通り過ぎようとした時だった。

「遊んでってよぉ」

楊弓場《ようきゅうば》の土間から手を伸ばして、おいでおいでをしているのは、矢取り女のお蘭《らん》だった。

招きに応じて楊弓場の中に足を踏み入れた六平太は、

「日陰はいいな」

と、菅笠を外した。

「急ぎの用事だったのかい」

「いや。半刻ばかり暇つぶしをしなきゃならねぇ」

「ここで潰《つぶ》しなさいよ。冷たい水をご馳走《ちそう》するからさ」

お蘭は、下駄を鳴らして土間の奥へ入って行った。

楊弓場の矢取り女は、話次第で男の客に体を売るのだが、これまで、お蘭とはそんな話になったことはない。

魅力がないわけではないが、とりとめのない話をするだけでも損はなかった。

「今度、どこかにしけこもうよ」とか「いつか、誘ってもいいか」とか、尋ねられたことは何度もあるが、実際に誘われたことは一度もなかった。

まだ毘沙門《びしゃもん》の身内として働いていた頃の菊次から、お蘭は、伝法《でんぽう》な気風《きっぷ》のおりきに一目置いているのだと聞いた覚えがある。

どうも、おりきの気分を害することはすまいと自戒しているらしい。

「男と女が逢引《あいび》きに使う出合茶屋《であいぢゃや》のような宿が、この裏にあるだろう」

奥の方から、突然、お蘭の声がした。

「しらねぇな」

六平太が返事をした。

音羽にそういう宿が多くあることは知っているが、楊弓場の裏に宿があったかどうか、覚えはなかった。

「ま、いいや。その宿屋の井戸水が冷たくて美味《おい》しいって言いたかったんだよ」

喋《しゃべ》りながら現れたお蘭が、

「その宿屋の、薪割《まきわ》りの爺《じい》ちゃんに汲《く》んでもらった水」

六平太に湯呑を突き出した。

湯呑を受け取ると、口に含んだ。

「おぉ。こりゃいいい」

六平太は一気に飲み干した。

その後、弓で遊んだり話をしたりして半刻を過ごした六平太は、八つ半前に楊弓場を後にした。

参道の緩い坂を四町（約四百三十六メートル）ほど歩いて、六平太は護国寺門前の広道に出た。

「おやめくださいい」

突然、甲高い女の声が辺りに響き渡った。

すると、音羽一丁目と東青柳町《ひがしあおやぎちょう》の間の小路から、何者かを囲んだ四人の侍がドドドッと広道に現れた。

「まっ昼間、曖昧宿から出て来るとは、いい御身分じゃないか」

「こら女、こんな爺さんを相手にするのか」

取り囲んだ野次馬の向こうから侍たちの怒鳴る声が届いたが、どうやら酒に酔っているようだ。

「ぶつかっておいて、詫《わ》びんのか」

「ぶつかって来たのは、あなたたちの方でしょう」

そう反論した露風の顔が、輪になった野次馬の隙間から見えた。

透水の横で、露風は怯《おび》えながらも侍たちを睨《にら》みつけていた。

「どうした」

六平太が、野次馬の輪を掻《か》き分けて侍たちの前に立った。

「なんだお主は」

鼻の脇に黒子《ほくろ》のある三十代半ばほどの侍が、ぐいと、六平太の方に胸を突き出した。

「おれは、あんた達のような連中から二人を守るのが仕事の、付添い屋だよ」

「浪人の分際で、わしらを連中呼ばわりか」

黒子の侍より少し年長の侍が、刀の柄《つか》に手を掛けた。

野次馬の女たちから悲鳴が上がった。

「抜いていいのか。武士が一旦刀を抜いたら、ただじゃすみませんぜ」

六平太の静かな物言いに、

「ただじゃすまんとはどういうことだっ」

声を荒らげた黒子の侍が、血走った眼を剝いて鯉口《こいぐち》を切った。

素早く身を寄せた六平太は、黒子の侍が刀身を半分ほど引き抜いたところで、柄を握った右手を押さえ、ゆっくりと鞘《さや》に押し戻した。

「どうしたどうした」

野太い声がして、野次馬の輪を割って、三人の男たちが飛び込んできた。

「秋月さんじゃありませんか」

そう口を利いたのは、六助《ろくすけ》と穏蔵を伴った毘沙門の若者頭、佐太郎《さたろう》だった。

「酔っ払いの侍に絡まれてる二人を、その浪人が止めに入ったんだよ」

野次馬の一人が声を上げると、侍を非難する声が次から次に湧き上がった。

「お侍方はご存じないようだからお教えしますが、こちらの秋月さんに歯向かうような者は、この音羽界隈にはいませんぜ」

佐太郎が凄《すご》むと、侍四人はじりじりと後退《あとずさ》り、突然踵《きびす》を返して、参道を転がるようにして坂下へと駆け去った。

野次馬の輪があっという間に解けて、四方に散った。

「桜木町においでになりますか」

佐太郎に声を掛けられた六平太は、待ち合わせの経緯を話して、透水と露風を指し示した。

「お二方、秋月さんが付いてりゃ百人力だよ。なっ」

六助は、同意を求めたが、穏蔵は軽く頷いただけだった。

六平太にしても、特段かける言葉はなかった。

「それじゃ、わたしらは」

佐太郎は軽く会釈すると、六助と穏蔵を引き連れて、参道の角を坂下の方に曲がって消えた。

「ここに早く来てくれて、助かったよ」

透水が、しみじみと口を開いた。

「ほんとに」

脇に立っていた露風が相槌《あいづち》を打ったが、朝方付けていた唇の紅が落ちていることに、六平太は気付いた。

西に傾いた日が作る家や木立の影が、坂道に伸びている。

透水と露風を伴い、六平太が先に立って音羽を後にした。

そのまま根津へ戻ると言うので、小石川村を通る道を取った。

伝通院《でんずういん》の傍を通り、本郷菊坂町《ほんごうきくさかまち》の坂を上って本郷台地の往還に出た。

そこからの下り坂は湯島切通《ゆしまきりどおし》まで続き、突き当たりを北へ向かえば不忍池の西の畔《ほとり》を進んで、根津宮永町に行きつく。

仙谷透水家の門前に着いたのは、七つ半（五時頃）時分だった。

日は本郷台地の西に沈み、台地の谷間にある根津一帯は翳《かげ》っていた。

「秋月さん、今日はいろいろと助かった。台所へ廻《まわ》って、茶でも飲んでお行きなさい」

「では遠慮なく」

六平太は、透水の勧めに素直に応じた。

先に木戸から入った露風が、

「先生のお帰りです」

戸障子を開けて、家の中に声を掛けた。

するといきなり、中から見慣れぬ男が飛び出して来た。

「お前は」

透水の声には、不快感を露《あら》わにした響きがあった。

袴を穿き、総髪の髪を頭の後ろで束ねた男の顔は精悍《せいかん》で、年の頃は二十代半ばだろう。

「申し訳ありません」

恵良が、中から慌てて飛び出して来ると、

「林太郎《りんたろう》には、何度も引き取るように言ったのですが」

男を背にして透水に腰を折った。

林太郎というのが、総髪の男の名に違いない。

「何しに来たのだ」

透水の声は冷ややかだった。

「話を聞いてもらいたいし、描いた絵を見てもらいたいのです」

林太郎と呼ばれた男は、懐から畳んだ紙を取り出した。

「破門した弟子の絵を見るつもりはない。仙谷透水に見てもらわなくとも、絵師なら江戸にいくらでも居ると、そう大口を叩《たた》いて出て行ったのは誰だ」

透水の言葉に、林太郎は唇を噛《か》んで俯《うつむ》いた。

「先生、話だけでも聞いてあげたらいかがでしょう」

露風が、控え目に口を開いた。

「黙りなさい」

透水が、思いがけずきつい言葉を向けると、露風は軽く俯いた。

「あんたは、このわたしに害心を持っている」

林太郎が、絞り出すような声を透水に投げかけた。そして、

「なぜだ。どうしてあんたは、わたしを打ちのめそうとするんだ。わたしの何を、あんたは恐れているんだ」

「わたしが、お前の何を恐れているというんだ。そんなものがわたしにあるわけがない。お前の素行の悪さ、絵に対する真摯《しんし》さのない心構えが、絵に現れるんだ。だから、お前の絵には品というものがないっ」

透水が、吐き捨てた。

「なにを！」

林太郎が透水に摑みかかろうとしたとき、六平太が間に入った。

「乱暴はやめて！」

そう叫んだ露風が、林太郎の手にあった紙を取って、

「先生、せめて絵だけでも」

と、透水に差し出した。

それを手にした透水は、畳まれていた紙を開き、描かれていた彩色の絵に眼を走ら

せた。

するとと、突然、その紙を破り捨てた。

林太郎の顔に赤みが差すと、両目が吊《つ》り上がった。

「ちきしょう！」

林太郎が透水に向かって突進した。

右腕を伸ばして透水の胸倉を摑もうとした寸前、六平太が二人の間に割って入り、林太郎の動きを阻止した。

「二度と顔を見せるな」

吐き捨てるように口にすると、透水はスタスタと家の中に入って行った。

「誰が来るかっ」

林太郎は悔し気に喚《わめ》き、猛然と木戸の外に駆け去った。

木戸の外を茫然《ぼうぜん》と見ている露風に眼を遣《や》ったが、六平太は何も言わず建物の裏へと足を向けた。

仙谷透水家の台所は、静かなものだった。

竈《かまど》では薪が一本燃えているだけで、どうやら、釜の湯を冷まさないようにしているだけのようだ。

「晩の支度は、先生がお帰りの頃には済ませておりました」

朝方見かけた女中が、上がり框《がまち》に腰掛けた六平太の傍に湯呑を置いた。

六平太が台所に寄ることは透水から聞いていたと口にした女中は、

「わたしは、さきといいます」

と名乗った。

「おさきさんが一人で、みんなの賄《まかない》を用意しているのかい」

六平太は、竈の前に屈《かが》んだおさきに尋ねた。

朝餉や夕餉は、おさきが中心となって作るのだが、住み込みの弟子の一人が必ず手伝うことになっているという。

通いの弟子は恵良ともう一人の女弟子で、露風と下村《しもむら》嵐月という若者が住み込みだった。

今日の夕餉は、透水の供をした露風に代わって通いの女弟子がおさきの手伝いをした。

「いやぁ秋月さん、先ほどは変なところをお眼にかけまして」

奥から台所に現れるなり切り出して、恵良が板張りに膝を揃えた。

「さっき来てた、相馬《そうま》林太郎のことだね」

おさきが声を低めると、恵良が顔をしかめて頷いた。

林太郎と呼ばれた男の姓は、相馬というようだ。

「あ。これは、今日の付添い料です」

恵良が、紙包みを六平太の脇に置いた。

六平太は付添い料を摘まんで袂《たもと》に落とした。中身は一分と分かっている。

「それと、先生が明後日《あさって》も付添いを頼みたいと仰《おつしや》っているのですが」

「わたしは構いませんが、『もみじ庵』にこちらから申し入れをしていただけると助かります」

「それは承知しました。で、明後日の、五つということで」

「承知しました」

六平太は、恵良に頷いた。

「どうぞ」

と、おさきが、麦湯を注《つ》いだ湯吞を恵良の前に差し出した。

「さっきの相馬林太郎ですが、実は二月前に破門されたんですよ」

受け取った麦湯を飲むと、恵良がため息混じりで口を開いた。

林太郎は、透水に弟子入りする前、何人かの絵師に弟子入りしていたらしいのだが、ことごとく悶着《もんちやく》を起こして辞めたという噂《うわさ》は、絵師仲間には知られていたという。

「林太郎を見ていると、絵に対して確たる姿勢が欠如しているといいますか、行き当たりばったりなんですよ。そのくせ、人の作品はすぐけなすし、酒癖もよろしくない」

「あっちの方も、お盛んで」

「おさきさん」

恵良は軽く窘《たしな》めたが、やや困惑した顔を六平太に近づけて、

「以前、既に辞めた女弟子といろいろ、あることはありました」

と、囁いた。

「そんな林太郎を、露風が何かと庇《かば》いだてするのが、わたしには不可解でしてね。本当に絵の道に進みたいのなら、透水先生にあらためて従えばいいんだ。林太郎などと関わっては、障りになるだけなんだ」

恵良が、愚痴とも嘆きともとれる言葉を吐いた。

「絵の道と女心は、また別ですからね」

にやりと笑って、おさきが囁いた。

「おさきさん」

恵良の声に鋭さがあった。

なるほど――六平太は腹の中で呟くと、一気に麦湯を飲み干した。

「ご馳走になりました」

湯呑を置いて、六平太は腰を上げた。

「じゃぁ、わたしもそろそろ帰ります」

恵良が、ポンと膝を叩いて立ち上がると、

「秋月さんのお住まいはどちらで」

と、問いかけられた。

「浅草、元鳥越《もととりごえ》ですが」

「じゃ、帰り道は反対の方だ。わたしは、谷中天王寺町《やなかてんのうじまち》でして」

「それじゃ、お先に」

恵良とおさきに声を掛けて、六平太は台所を後にした。

三

浅草、元鳥越の『市兵衛店《いちべえだな》』は、夕闇が迫っていた。

下帯姿の六平太は、井戸水を汲んで、二度体に掛けた。

火照った体に冷水が心地よい。

根津の仙谷透水の家を出た六平太は、半刻足らずで元鳥越に着いた。

帰ったら湯屋に行くつもりだったが、家に上がった途端、出かけるのが億劫《おっくう》になって、井戸水を浴びることにしたのだ。

体を拭き、浴衣を羽織ると路地の一番奥の我が家に戻り、真新しい下帯を締めた。

「秋月さん、晩飯はお済みですか」

向かいに住む噺家《はなしか》の三治《さんじ》が、路地から顔を突き入れた。

「なんにもないから、『金時《きんとき》』に行くつもりだ」

六平太は、表通りの寿松院《じゅしょういん》門前にある居酒屋の名を口にした。

「実は昼間、弥左衛門《やざえもん》さんから、もしよかったら隣りで飲み食いをしないかと誘いが掛かってるんですよ。それで、留《とめ》さんや熊《くま》さんに声を掛けたら、是非にも行くと言ってましたから、そろそろ集まるはずなんですがね」

「そりゃ結構なお誘いだ。褌《ふんどし》を干して、新しい浴衣に着替えたら行くよ」

「じゃ、わたしは先に行ってますよ」

そう口にして、三治は隣家に向かった。

一日中歩き回って、六平太もさすがに疲れていた。

隣りで飲み食いが出来るというのは、この上なく有難い。

弥左衛門の家の造りは、六平太の家と同じ二階家である。

一階は畳一畳ほどの入り口の土間があり、そこには流しと竈があった。

土間を上がると六畳の板の間で、台所近くに二階に上がる階段がある。

六平太は板の間のままにしているが、弥左衛門は青々とした藺草《いぐさ》の薄縁《うすべり》を敷いていた。

「お言葉に甘えて参りました」

遅れて入った六平太は、薄縁に座っていた弥左衛門に挨拶をした。

「好きなところにお座りください」

弥左衛門は、車座になっていた三治や留吉《とめきち》、熊八《くまはち》を指した。

六平太は、三治と留吉の間に腰を下ろした。

「皆さんお集まりになったところで、始めましょうか」

そう切り出した弥左衛門は、

「注いだり注がれたりが面倒だと仰る秋月さんの流儀通り、今夜も、銘々好き勝手に注いで飲むということでは如何《いかが》でしょう」

と、問いかけた。

「そそ、それがいいよ」

留吉が、大きく頷いた。

「でもま、最初のとっかかりだけは酌をしませんと、幕を開けにくいというものでして」

通徳利《かよいとっくり》を持った三治が、率先して一同に酌をして回った。

「じゃ、三治さんにはわたしが」

と、熊八が注いだ。

「それじゃ、暑気払いということで」

弥左衛門の音頭で、一同は湯呑に口を付けた。

「ささ、遠慮なく」

弥左衛門が、車座の中に並んだ稲荷寿司《いなりずし》や煮しめ、鮎《あゆ》の甘露煮などを指し示した。

「豪勢なもんが並んだもんだ」

留吉が感に堪えないというような唸《うな》り声を出した。

「なんですか、一人暮らしのわたしを気に掛けて、江戸の知り合いがたまにこうして差し入れてくれましてね」

「だったら、三日に一度は差し入れてもらいたいもんだね」

留吉がそう言うと、弥左衛門はハハハと笑い声を上げた。

「秋月さん、今日は付添いでしたか」

熊八が、食い物を口にしたまま問いかけた。

「根津の絵師のお供だよ」

六平太は、絵にする場所を探す仙谷透水とその弟子に付添ったことを話した。

駒込から小石川村へ行き、護国寺界隈にまで足を延ばした行程を口にすると、

「そんなに歩き回ることがあるんですか」

弥左衛門が、ぽかんと口を開けた。

「いつもじゃありませんがね」

六平太は、笑って片手を打ち振った。

「大道芸人の熊さんにしろ、付添い屋の秋月さんにしろ、あちこち歩き回る商売だから、いろんなことに出くわすんですよ」

真顔の三治が、弥左衛門に頷いた。そして、

「ね、熊さん、無礼打ちだの喧嘩《けんか》だの、町の中歩いてりゃ、いろいろ見掛けますよねえ」

「うん、いろいろ見ますな」

熊八は返事もそこそこに、鮎の甘露煮を丸ごと口に入れた。

「そうそう、秋月さんが朝帰りした日だよ。後で聞いたら、押し込みの盗賊と出くわしたっていうじゃねぇか」

留吉は、六平太を見て湯呑の酒をくいと呷《あお》った。

「押し込みですか」

弥左衛門が好奇心を露わに、少し身を乗り出した。

「いつのことだよ」

三治が口を尖《とが》らせた。

「ほら、わたしと留吉さんと三治さんと、井戸端で顔を洗っている時、秋月さんが帰ってきた日があったではありませんか」

熊八が答えると、

「ほら、弥左衛門さんが粕壁《かすかべ》に行った翌日だよ」

留吉が付け加えた。

六平太は思い出した。

その日の朝は疲れ果てて『市兵衛店』に帰り、三治たちにはなんの説明もしないいま昼まで寝た。

それから一日か二日が経ってから、箱崎《はこざき》で押し込みの一味と出くわした件を話したのだ。

「押し込みと出くわして、それでどうなさいました」

弥左衛門が眉をひそめて、六平太を見た。

「出くわしたのは顔を隠した二人の男だったが、火の手の上がったお店《たな》の方から逃げてきたから、盗人かと声を掛けたんだ」

その時の出来事を話す六平太に、一同が注目した。

黒ずくめの男二人に声を掛けると、相手は物も言わずに匕首《あいくち》を抜いて襲い掛かってきた。

そのうちの一人の腕と太腿《ふともも》に峰打ちを叩き入れて動けなくすると、もう一人の男は逃げた。

逃げた男を追ったものの、船で逃げられたので引き返すと、動けなくしていた男は、舌を嚙み切って死んでいたのだ。

「なるほど、そういうことだったか」

留吉が、感心したように胸の前で腕を組んだ。

「その押し込みが誰の仕業か、お役人に見当は付いてるんですかね」

自分の湯呑に酒を注ぎながら、三治が六平太に声をかけた。

「どこの誰と分かるようなへまをする盗人がいるとは思えねぇがね」

留吉はそう断じた。

「それがな、おれの知り合いの同心によれば、なんとかっていう、名の知れた盗賊一味の手口に似てるそうだ」

思い出そうとしたが、酒でぼんやりとした六平太の頭に、その盗賊の名が浮かばなかった。

「でもまぁ、秋月さんの知り合いには北町のお役人も、神田界隈の目明かしもおいでだから、様子はこれからおいおい分かるんじゃありませんか」

熊八の言葉で一同は納得し、しばらくは飲み食いに専念した。

「あ、そうだ」

口に運びかけた湯呑をふっと止めて、三治が弥左衛門に眼を向けた。

「その押し込みがあった後、わたしゃ蒲生《がもう》に行ってましたが、弥左衛門さんはなんでも粕壁だったとか」

「そうですが」

弥左衛門が、柔和な笑みを浮かべた。

「わたしゃ蒲生の帰りに綾瀬川《あやせがわ》で川止めを食らって一日遅れで帰って来たら、秋月さんによると、弥左衛門さんは前の日に戻っておいでだったなんて」

三治は湯呑を口に運んだ。

「粕壁は蒲生の北の方ですが、弥左衛門さんは、川止めに遭わなかったのですか」

熊八が、なんの屈託もなく尋ねた。

「それなんですがね。実は、川止めの一日前に草加《そうか》に行っていたんですよ」

弥左衛門は、やや秘密めかしたように声を潜めた。そして、

「草加には、粕壁で懇ろになった女を、何年も前から住まわせておりまして」

照れ臭そうに頭に手を遣った。

「なるほど。それで、旅の土産が煎餅《せんべい》だったのか」

三治は感心したように手を叩いた。

それからも続いた酒宴は、五つ半過ぎに散会となった。


朝日は既に、上野東叡山《とうえいざん》の上方に昇っている。

六平太は、出かける透水に付添って、根津宮永町の仙谷家を後にした。

行先は、日本橋《にほんばし》、人形町《にんぎょうちょう》だと告げられていた。

「一昨日《おととい》、四人の侍を相手にした秋月さんを見て、ことのほか感心しましてね。それで、今日も是非にと思ったわけです」

透水が口にしたのは、二日前の、護国寺門前での一件だった。

「しかし、根津から人形町なら、さほど危ないとは思えませんが」

「相馬林太郎ですよ」

透水は、一昨日の夕刻、根津の家の前で揉《も》めた男の名を口にした。

「いまだに破門したことを根に持っているようですから、用心しようと思い立ったんですよ」

そう打ち明けて、透水は小さく息を吐いた。

根津を発《た》って、一刻もかからずに人形町通を南に向かった透水は、四つ辻を左に折れて三光新道《さんこうじんみち》に入り込んだ。

何の迷いもなく歩む様子から、通い慣れた道だと思われる。

三光稲荷の前で、透水は足を止めた。

「ここは、わたしのもう一つの仕事場でしてね」

透水が指し示したのは、稲荷の向かい側に建つ平家の一軒家だった。

門はなく、新道に面した戸障子が唯一の出入り口と思われた。

「この仕事場のことは、弟子にも教えていないのですよ。ですから、秋月さんと言えども、中にはお入れ出来ません」

穏やかな口ぶりで打ち明けた透水は、午後の七つ（四時頃）に迎えに来てもらいたいと付け加えた。

およそ三刻（約六時間）も後である。


三光新道を後にした六平太は、その足を浜町堀《はまちょうぼり》の方へ向けた。

「七つまで、どう過ごしてもいいが、ひとつ、買い物をしてほしいものがある」

仕事場だという家の中に入る間際、透水からそんな依頼を受けていた。

その買い物を済ませてから、後の時の過ごし方を思案するつもりだった。

浜町堀に架かる栄橋《さかえばし》を渡った六平太は、久松町《ひさまつちょう》先の武家地を通り抜けて、薬研堀《やげんぼり》へと出た。

薬研堀に接する米沢町《よねざわちょう》は、多くの人出でにぎわう両国橋《りょうごくばし》の西広小路に面している。米沢町二丁目に向かった六平太の行く手に、四目結の家紋を染め抜いた暖簾の掛かった『四目屋《よつめや》』が見えた。

六平太は菅笠を外すと、臆することなく店の中に足を踏み入れた。

『四目屋』は、媚薬《びやく》、淫薬の類を売る店である。

「『四目屋』に行き、長命丸《ちょうめいがん》、帆柱丸《ほばしらがん》を買い求めてもらいたい」

先刻、透水に依頼されたのは、媚薬の購入だった。

六平太が『四目屋』で買い物をするのは初めてではない。

遠国から江戸見物に来た百姓の付添いをすると、

「江戸土産にしたいから」

と、代わりに買いに行かされたことが、何度もあった。

買い物を依頼した透水には、媚薬を用いるような女が居るのだということに、六平太は今更ながら思い至った。

脳裏にふと、護国寺門前で侍に絡まれていた時、透水に寄り添っていた露風の顔が浮かんだ。

透水の買い物を終えた六平太は、西広小路に出た。

ここは、芝居小屋、見世物小屋、食べ物屋の仮小屋が建ち並び、様々な物売りや大道芸人たちがうごめく、浅草と並ぶ盛り場である。

この日も多くの人々を集めているが、三日後の二十八日の川開きともなると、夜は花火が打ち上げられて、橋の界隈は身動きが取れないほど混み合う。

「これまで多くの怪奇人形で見物の方々の度肝を抜いた、紫雲堂鬼谷《しうんどうきこく》先生の手による渾身《こんしん》の生人形《いきにんぎょう》の数々だよ。木戸銭は蕎麦《そば》とおんなじ十六文だよ。さぁ、入った入った」

呼び込みの声が六平太の耳に届いた。

木戸口には、名の知られた妖怪の絵と並んで、奇怪な絵も掛けられている。

木戸銭を払って小屋の中に入ると、外光が遮られて暗く、通路には幾つもの角があり、所々に人を模《かたど》った細工物が置いてあった。

獄門に掛けられた男の首は生々しく、生人形と称される細工物だった。

ある場所では、お互いの首に刃物を突き刺して心中する男女の、苦悶《くもん》に満ちた顔の細工物があった。

編んだ竹ひごに紙を貼り、胡粉《ごふん》や砥粉《とのこ》で人肌や顔を作り、そこに彩色を施したものと思える。

生人形や妖怪、生き物の怪奇な細工物を、六平太は何度も眼にしていた。

それらはただただ奇怪というだけの作りだった。だが、紫雲堂鬼谷の作という生人形はどれも死に顔や生死の境に喘《あえ》ぐ顔ばかりなのだが、その表情には、人の抱える業のようなものが窺《うかが》えた。

見世物小屋を出た六平太がほんの少し歩き出して、ふっと足を止めた。

どこからか、誰かに見られているような気配を感じて辺りを見回したが、忙しく行き交う人の流れがあるだけだった。

七つ時の三光新道は、西に傾いた日が射していたが、日暮れまではまだかなりの間がありそうだった。

両国の広小路で昼餉を摂った六平太は、七つまでの一刻半（約三時間）をどう過ごすか思案した挙句、付添いで顔見知りになった堺町《さかいちょう》の芝居茶屋を訪ねた。

「物置でもいいから、横にならせてもらいたい」

そう頼み込むと、木場《きば》の材木商『飛騨屋《ひだや》』の娘、登世《とせ》やお内儀の芝居見物でよく使う茶屋の番頭は、二階の空いている部屋に六平太を案内してくれた。

そのおかげで昼寝も出来、のんびりと出来た。

六平太が三光新道にある透水の仕事場の前に立つと間もなく、日本橋本石町《ほんごくちょう》の時の鐘が、七つを知らせた。

七つの鐘が鳴り終わって、ほんのしばらくして、家の戸が開いた。

なにも言わず出てきた透水には疲れがこびり付いたようで、肩を大きく上下させて、ふうと息を吐いた。

「お疲れのようですが、駕籠《かご》にしますか」

六平太は気を回した。

「昼餉を取りそびれて腹が減っただけだよ」

透水は笑みを浮かべて、小伝馬町《こでんまちょう》の牢屋敷《ろうやしき》の方へ足を向けた。

今朝、三光稲荷に向かった道をそのまま根津に引き返すとすれば、神田川に架かる和泉橋《いずみばし》を渡って左に曲がり、筋違橋《すじかいばし》の北詰から下谷御成街道を上野広小路に向かう行程だろう。

神田川の南岸の柳原通《やなぎはらどおり》に出た時、

「土左衛門だ」

「死人が浮いてるぜ」

そう大声を上げて、新《あたら》シ橋《ばし》の方に駆けて行く数人の男たちの姿があった。

「ちょっと、行ってみよう」

透水は、六平太の返事も聞かず、新シ橋の上や柳原土手の人だかりの方へ急いだ。

透水に続いて橋の袂に行くと、人だかりの眼は、対岸の久右衛門河岸《きゅうえもんがし》に向いていた。

二艘《そう》の小船には帯に十手を差した男が二人と、町内の男たちが乗っており、川面《かわも》に浮かんだ女の水死人を船に引き揚げようとしていた。

しかし、死人の着た振袖が水を含んで重くなっているらしく、船上に引き揚げるのに難渋している。

透水が、野次馬の列を割って、前に出た。

そして、引き揚げの様子を食い入るように見つめた。

船上の男たちは、水死人の帯や袖を摑《つか》んで引き揚げに掛かったが、一人の男の手がすべり、女の体がくるりと回り、蠟《ろう》のような死顔が野次馬の方に向いた。

「おぉ」

野次馬から声が上がった。

六平太は、透水の眼がじっと、女の死顔に注がれているのに気づいた。

やっとのことで死骸が小船に引き揚げられると、野次馬はあっという間に四方へ散った。

透水は先に立って新シ橋から佐久間河岸《さくまがし》へと渡り始めた。

「秋月さんは、その刀で人を斬ったことはおありですか」

突然、透水が口を開いた。

「それは、ある」

六平太は淡々と口にした。

「つまり、斬り殺したかということですが」

透水は執拗《しつよう》だった。

「はい」

六平太は静かに答えた。

「ということは、人の死に際の顔を見たということですな」

気負いこんだ問いかけに六平太が黙ると、

「どうなんです」

透水は顔を覗き込んだ。

「そうです」

六平太は、幾分、ぞんざいな返答をした。

「その時の人の様子がどんなものか、一度、聞かせてもらいたいものです」

透水の申し出に、六平太は言い淀《よど》んだ。

どういうつもりでそんなことを口にしたのか、真意が分からなくては返事のしようがなかった。

「ま、いい」

小さな苦笑を洩《も》らして呟くと、

「やはり、疲れた。駕籠で帰ることにする」

透水は、橋を渡り切ったところで足を止めた。

四

不忍池一帯が赤く染まっていた。

西日は沈んだばかりだが、夕焼けに映える場所と黒い影の部分がくっきりと色分けされて、随分前に見た錦絵のようで美しい。

駕籠に乗った仙谷透水を根津の家に送り届けた後、六平太は不忍池の東岸を通って上野広小路へと向かっている。

六つを四半刻ばかり過ぎた頃おいだった。

池の中に建つ生池院へ伸びる参道の方を見た六平太は、ふっと足を止めた。

声は聞こえないが、逆光の中、体を動かしながら激しく言い争っている男女の影があった。

時々動き回るお蔭《かげ》で、夕焼けを浴びた男女の顔が浮かび上がった。

川路露風と相馬林太郎に間違いなかった。

透水を根津に送り届けたとき露風の姿がなかったのは、林太郎と会っていたのだと六平太は得心が行った。

不忍池の東の畔《ほとり》は、世を忍ぶ男女が、昼夜の別なく逢引きをする出合茶屋が建ち並んでいる。

露風と林太郎は言い合いをしているものの、狎《な》れたような男女の匂いが感じ取れた。

出合茶屋から出てきたばかりなのかもしれなかった。

露風は、透水に身を任せながら、林太郎とも男女の仲にあったのだ。

だが、言い合いをする二人の様子は、痴情のもつれがあったようには見えなかった。

道に迷い込んだ若い男女が、どう抜け出すのかと、意見をぶつけ合っているように思えた。


次の日の昼前、六平太は浅草元鳥越を出た。

今日も、明日も仕事の口はなく、四谷《よつや》の相良《さがら》道場へと足を向けた。

六平太には、気掛かりなことがあった。

信濃《しなの》国、十河《そごう》藩の江戸屋敷の供番を務める富坂徹太郎《とみさかてつたろう》が、先日、六平太を訪ねて『市兵衛店』に現れたことを、隣家の弥左衛門から聞いていた。

急用ならば再度訪ねて来るだろうし、折があればこちらから四谷の道場に行くつもりだったのだが、なかなか思いどおりに動けなかった。

この日相良道場に行っても、昼の稽古に富坂が来ているとは限らなかった。

その場合は神田岩本町の『もみじ庵』に回り、付添いの口の有無を聞くつもりだった。

相良道場の門を潜った六平太は、武者窓の外から道場の中を覗いた。

「秋月様、何ごとですか」

声の方を向くと、竹箒《たけぼうき》を手にした下男の源助《げんすけ》が立っていた。

「富坂徹太郎が居るかどうかをな」

六平太が返事をすると、徹太郎は早々に来ているので声を掛けると請け負って、源助は中に入って行った。

「秋月様、もしかすると、この前『市兵衛店』をお訪ねしたことですね」

程なく道場の式台から出てきた道着姿の徹太郎が、申し訳なさそうに頭を下げた。

「なにか用があったのだろう」

「はい」

徹太郎は、六平太の問いかけに素直に返事をした。

「わたしは、殿様の列に加わり近々帰国すれば、恐らく二度と江戸に来ることはないと思われます」

徹太郎が江戸を去ることは、以前聞いていた。

「ですから、江戸を離れる前に、是非、秋月様に立会いをしていただけないかと、そのお願いに伺ったのです」

徹太郎が、六平太をまっすぐに見た。

「承知した」

六平太は、笑みを浮かべて頷いた。

「ありがとうございます。日にちなど決まりましたら、前もってご相談に伺います」

徹太郎は、深々と腰を折った。


北品川宿《きたしながわ》の御殿山《ごてんやま》には、心地よい海風が届いていた。

名物の桜の時期は終わっていたが、眺望の利く御殿山には行楽を求める人々が押し掛けていた。

眼下には海が広がり、沖には漁をする小舟が何艘も浮かんでいる。

五月二十九日の午前である。

「両国の川開きの次の日ですが、秋月さんを名指しで付添いの仕事があります」

神田の口入れ屋『もみじ庵』の親父、忠七から、そう聞かされたのは、四谷の相良道場で富坂徹太郎と会った日のことだった。

依頼して来たのは絵師の仙谷透水で、品川行きの付添いである。

他に用もなく、付添い料はいつも通り一分というので、いちもにもなく応じたのだ。

六平太は、葉の繁る大木の根元に座り込んだ透水が、書画帖に筆を走らせている手元に眼を遣っていた。

御殿山から眺められる品川洲崎《すざき》や沖を行く帆船の絵が描かれるのを、六平太はさっきから感心して眺めていた。

「先生」

突然、聞き覚えのある女の声がして、露風が近づいて来た。

「何ごとだね」

透水は筆を止めて、穏やかな顔で露風を見上げた。

「折り入ってお話がありましたので、こちらへ伺いました」

露風の顔には思いつめたようなものがあった。

「それじゃ、わたしはその辺を歩いて来ます」

六平太が気を利かせると、

「先生、屋根のある所へ行きませんか。隣りの牛頭天王社《ごずてんのうしゃ》には富士塚《ふじづか》もあって、茶店もありますから」

露風が、透水に持ちかけた。

「そうしよう」

誘いに応じた透水が腰を上げた。

「四半刻もあれば話は済みますので」

露風は六平太にそう告げると、隣接する牛頭天王社の方へと透水を伴って行った。

刻限は四つ半（十一時頃）だから、昼餉には少し早い。

かといって、ここで待つこともない。

六平太は、御殿山を下って東海道《とうかいどう》に出ることにした。

久しぶりに歩く品川宿は、相変わらず活気があった。

土地の者の行き来があるのは勿論《もちろん》、多くの旅人が行き交い、荷車や荷駄が砂煙を上げて通り過ぎる。

軒を並べる小店を覗いて歩くだけでも面白い。

品川宿を貫く海道が、京の都へも通じていると思うと、何やら心沸き立つ。

のんびりしていては時ばかりが経つと思い、六平太は海道を逸《そ》れて、北馬場町《きたばんばまち》から牛頭天王社に通じる小路に入った。

牛頭天王社は品川明神社《みようじんしや》とも呼ばれ、境内の奥に品川富士と称される富士塚がある。

富士塚の先を右に行けば御殿山へ通じる道もある。

富士塚近くに並ぶ茶店の間を通り抜けようとした六平太が、思わず足を止めた。

茶店の裏手に立っていた透水が、真向かいに立つ露風の頬に平手打ちを加えるのが垣間《かいまみ》見えた。

木陰に身を隠した六平太が成り行きを見ると、頬を打たれた露風は透水から眼を逸らすこともなく、一礼して踵を返すと、東海道の方に悠然と歩き去った。

「なにがあったので」

ゆっくりと近づくと、六平太は声をかけた。

だが、透水は大きく息を吐くと、

「お栄《えい》、いや、根津まで露風に付添ってもらいたい。女一人では、やはり危ないのでな」

透水は、呟くような声を発した。

お栄というのは、おそらく露風の本名なのだろう。

牛頭天王社から東海道に出た六平太は、品川二丁目辺りで露風に追いついた。

もっと前に追いつけると思っていたが、急ぎ足の露風はかなり先を行っていた。

「根津の家を出るのを引き留めろとでも言われて来たのですか」

露風は、横に並んだ六平太に棘《とげ》のある言葉を投げかけた。

「ただ、何があるか知れぬから送り届けろと言われたんだ」

そう返事をしたが、すぐに、

「根津の家を出るのか」

と、尋ねた。

「わたし、ここのところ、先生の絵がつまらなくなっていたんです。ですからもう、学ぶべきものはありません」

露風の声には毅然とした響きがあった。

そしてさらに、ただ景色が綺麗《きれい》なだけの透水の絵は味気ないとも口にすると、毒がないのがつまらないのだと、切り捨てた。

「わたしが、先生は醜い物から眼を逸らしていると言いましたら、大変な怒りようでした。林太郎に吹き込まれたのかと聞かれましたので、そうですと返事をしたら、出て行けと、頬を叩かれました」

露風は、悪びれる様子もなく、胸を張った。

「いい潮時でした。いつまでも先生の傍《そば》に居ては、なかなか世に出られませんから」

突き放したような物言いをすると、その後露風は、根津に着くまで口を開かなかった。

六平太と共に根津宮永町に戻った露風は、

「柳行李《やなぎごうり》は後で誰かに取りに来させます」

困惑して見送る恵良や嵐月に向かって言い残し、風呂敷包みひとつを提げて仙谷家から出て行った。

八つ（二時頃）の鐘が鳴ってから、四半刻は優に過ぎた刻限だった。

訳の分からないまま茫然としている恵良と嵐月に、透水は承知しているらしいと六平太は教えてやった。そして、

「わたしは帰りますが、その前に、今日の付添い料を頂戴《ちょうだい》したいのだが」

「たしか、一分でしたね」

六平太に確かめた恵良は、持ち合わせがないので、透水が戻るまで待ってもらいたいと申し入れた。

待つのを承知した六平太は、恵良に案内されて、庭に面した部屋に通された。

「ここで昼寝をなさるなりなんなり、お好きにしてください」

そう言い置いて、恵良は部屋を出て行った。

何も恵良の勧めに従うつもりはなかったが、ごろりと横になった途端、六平太の口から欠伸《あくび》が出た。

庭を通り抜けていくそよ風が、樹木の葉をさやさやと鳴らしている。

欠伸が、もうひとつ出た。

「秋月さん、秋月さん」

呼びかける声を朧《おぼろ》に耳にしていた六平太は、肩を揺らされていることにも気づいて、眼を開けた。

「起こしてすみません」

眼の前で頭を下げたのは、恵良だった。

上体を起こした六平太は、辺りを見回した。

透水の家の庭の日射しが、先刻より翳っていた。

「いま、なん刻だね」

「七つを少し過ぎた時分です」

恵良がそう返事をした。

六平太は一刻近くも寝ていたことになる。

「池之端仲町《いけのはたなかちょう》の料理屋から使いが来まして、先生はそこで夕餉《ゆうげ》を済ませて帰るということですが」

申し訳なさそうな顔をした恵良は、

「このまま先生の帰りをお待ちになるか、もしなんなら、明日、わたしが口入れ屋に届けておきますが」

と、六平太を窺った。

「池之端仲町なら、帰り道の途中だ。料理屋の名前を教えてくれたら、立ち寄ってみるがね」

「なるほど、その手がありますか」

膝を打った恵良は、透水が揚がっているのは、『増冨《ますとみ》』という料理屋だと口にした。

根津宮永町から池之端仲町までは、たいした道のりではない。

仙谷透水家を後にした六平太は、池之端七軒町《しちけんちょう》から不忍池の西岸を回って、忍川《しのぶがわ》新土手に面した池之端仲町に着いた。

間もなく七つ半という頃おいだが、池面の西半分は日が翳っていた。

料理屋『増冨』はすぐに分かった。

『増冨』と書かれた軒行灯《のきあんどん》のある二階家の土間に足を踏み入れると、

「秋月六平太という者だが、客として揚がっておいでの仙谷透水先生にお取次ぎを願いたい」

六平太は、応対に出た番頭らしい白髪の男に付添い料の一件を伝えて、取次ぎを頼んだ。

二階に上がった白髪の男は急ぎ階段を降りて来て、

「お急ぎでなければ、お上がりになりませんかと仰っておられますが」

と、上り口で膝を揃《そろ》えた。

「では」

六平太は、透水の勧めに応じて土間を上がり、白髪の男の先導で二階の一室へと案内された。

「酒の追加と、夕餉の膳をもう一人分たのむよ」

「承知しました」

部屋の外に膝を揃えていた白髪の男は、透水からの注文を受けて立ち去った。

「付添い料のことは、すまなかった」

懐から財布を出した透水が、一分を摘まんで六平太に差し出した。

「では」

掌《てのひら》で受け取ると、袂に落とした。

「ごめん下さい」

外から声がして、徳利と盃、肴《さかな》の小鉢を載せたお盆を手にした女中が入って来た。

「おひとつ」

徳利を摘まんだ女中に勧められて、六平太は酌を受けた。

「料理はおっつけ参りますので」

そう言い残して、女中は部屋を出た。

「遠慮はなしですよ」

六平太にそういうと、透水は盃を口に運んだ。

六平太も酒を口にした。

何度か盃を重ねた頃、二人分の夕餉の膳が運び込まれ、料理を肴に、二人はさらに盃を重ねた。

「秋月さん、わたしはね、相馬林太郎を妬んでいたんですよ」

六平太が来る前から飲んでいた透水は、酔った勢いなのか、口が軽くなっていた。

「いや、やつの絵にじゃぁありません。絵なら、わたしが勝ります。ただ、若さにはどうしても敵《かな》わんのです。その若さに、露風の眼が行くのを、わたしは恐れた。恐れたが、留《とど》める術《すべ》が見つからず、とうとう、林太郎を破門にするという卑怯な手を使った」

そこで大きく息をついた透水は、盃の酒にちびりと口をつけた。

「露風さんの絵は、どうなんですか、つまり、絵師になれそうなのか、それとも」

「無理だね」

透水が、六平太の問いかけを断ち切った。

「うん。無理なんだ。だが、言えなかった。酷《むご》いからではなく、言えば離れて行くからね。それが怖くて、わたしは卑怯にも、いつかは絵師になれるという餌を、露風の鼻先にぶら下げていた」

透水が、残っていた盃の酒を一気に飲み干した。

「林太郎を、露風から遠ざけようとしたのだが、悪あがきだった。露風はもしかしてわたしの心中を見透かしていたのかも知れん。女の気持ちというものは、縛れるものじゃなかった。理屈では分かっていたのだが、露風は、露風だけはわたしの傍に居てくれるはずだという幻を、つい思い描いていたんだよ」

そこで大きく息を吐いた透水は、

「老いるというのは、いやだね」

そう呟いて、がくりと首を折った。

五

上野東叡山の時の鐘が、五つ（八時頃）を知らせてから四半刻が経っている。

すっかり酔った透水は、料理屋『増富』の男衆の手を借りて町駕籠に乗せられた。

駕籠が去るのを見送ってから、六平太は上野広小路の方へ足を向けていた。

池の面は暗く、水があるのかないのかさえ見分けがつかない。

料理屋から一町半（約百六十四メートル）ばかり歩いたところで、背後からひたひたと近づく幾つもの足音に気付いた。

広小路まであとわずかという、池の東端だった。

顔を隠して背後から近づいて来た黒ずくめの男五人が六平太を取り囲み、池の畔《ほとり》へと追い詰めた。

「物取りか」

六平太が声を発した。

男たちは脇差や匕首を引き抜くと、何も言わずに襲い掛かって来た。

六平太が咄嗟《とっさ》に刀を引き抜くと、男たちは素早く後退った。その動きから、修羅場に慣れた連中だというのが見て取れた。

「おれになんの用だ」

六平太の問いかけを男たちは無視して、一人の男がいきなり背後から斬りかかって来た。

瞬時に体を捻って躱《かわ》した六平太は、刀の峰を上に向けたまま、伸びた男の腕を下から叩いた。

グキッと、骨の砕ける音がして、男の手から脇差が飛んで、地面に落ちた。

仲間の怪我《けが》を眼にしても、他の四人は意に介さず、依然、六平太へ殺意を向けている。

突然、風を切る音がして、一人の男の投げた匕首が六平太の胸元に飛んできた。

体を躱して避けたものの、匕首は六平太の袂を突き抜けていた。

「なにをしてやがるっ」

三橋の方から声がして、御用提灯《ごようちょうちん》の明かりと二つの人影が駆けて来るのが見えた。

黒ずくめの男たちの動きは早く、あっという間に湯島の方へと駆け去った。

「ご浪人、なんですか今の連中は」

十手を手にしていた四十ほどの目明かしが、湯島方面に眼を向けたまま尋ねた。

何も言わずに襲って来たということを、六平太はありていに告げ、また、襲われる心当たりがないことも付け加えた。

「それで、ご浪人は今時分、どこへ行きなさる」

目明かしが問いかけると、下っ引きが提灯を六平太に近づけた。

「元鳥越、鳥越明神裏の『市兵衛店』に帰る途中だが」

「それじゃ、ここからの道筋を教えてもらいましょう」

目明かしの不審は執拗だった。

「まず、広小路を南に行って、下谷同朋町を左に曲がり、出羽《でわ》国の大名、佐竹《さたけ》右京《うきょうの》太夫《だいぶ》家のお屋敷を経て三味線堀《しゃみせんぼり》の高橋《たかばし》を渡ってまっすぐ進めば、寿松院裏の元鳥越町だよ」

六平太の説明に、目明かしは黙って頷いた。

「もし、まだご不審なら、北町奉行所の同心、矢島新九郎《やじましんくろう》か、神田上白壁町《かみしらかべちょう》の目明かし、藤蔵《とうぞう》親分に尋ねてもらいたい。おれは、秋月六平太というもんだ」

「矢島様のお知り合いで」

小さく呟いて、目明かしは軽く腰を折った。

矢島新九郎の名を出して脅すつもりはなかったが、相手の不審を払拭させるには、手っ取り早い手ではあった。

おかげで、お気を付けてという目明かしの声を背に受けて、六平太は元鳥越へと足を向けることが出来た。


五月から六月へ月が替わってから、三日目の昼下がりである。

六平太は、両国広小路にほど近い、柳橋《やなぎばし》の南詰で仙谷透水と落ち合った。

一昨日、口入れ屋『もみじ庵』から使いが来て、

「明後日の九つ半（一時頃）に、柳橋の南詰にお出《い》で願いたい」

透水からの言付けがあり、それに応じていたのである。

「ちょっと、お付き合いを願います」

落ち合うとすぐ、透水は人で混み合う両国広小路へと六平太を案内した。

「ここです」

透水が指し示したのは、見世物小屋だった。

しかも、米沢町の『四目屋』で媚薬を買った後に入った、同じ見世物小屋である。

木戸口の呼び込みは、この前と同じように、紫雲堂鬼谷先生渾身の怪奇生人形だと叫んで、客を呼び込んでいる。

「こちらへ」

透水は、六平太を小屋の裏手に導いた。

「こりゃ、先生」

小屋の裏口に近づくと、声がかかった。

蓆《むしろ》を天井に掛けて日除《ひよ》けにした小屋で、金勘定をしていた五十絡みの小太りの男が透水を見て愛想のいい笑みを浮かべた。

「秋月さん、中に入りませんか」

透水に誘われた六平太は、『四目屋』に来た日に見世物を見たことを説明した。

「今日から、新しい人形が二体、増えてるんですよ」

透水がさらに誘うと、

「その人形のお蔭で、今朝から評判でしてね。どうぞ、見て行って下さいまし」

そう勧めた小太りの男は、小屋主なのかもしれない。

「それじゃ、見せてもらおう」

六平太は、透水に続いて小屋の中に入った。

小屋の中の角を二つ曲がると、観客の通る通路へ出た。

そこからまたひとつ角を曲がると、この前はなかった森の一画が拵《こしら》えられていた。

そこには、荒縄で首を括《くく》った男の生人形が木の枝からぶら下がっていた。

眼をかっと見開いた男の顔は生々しく、怨嗟《えんさ》に満ちた表情で口から血を流している。

その場を通り過ぎたところで、

「これは」

と、思わず六平太の口を衝《つ》いて出た。

一画に川の岸辺が設えられて、女の水死体が引き上げられている場面が作られていた。

蠟のように白い女の顔に、苦悶と無念が満ちている。

「この前、神田川で眼にしたお蔭ですよ」

透水が、六平太の耳元で囁いた。

「紫雲堂鬼谷は、あなたですか」

六平太の問いに、透水が小さく頷いた。

「風光明媚な場所の、美しい絵を描きたいのも偽りではないのです。一方で、こんなおどろおどろしい世界にも憧れていた。絵に描きたかったのだが、何度描いても思ったような絵にはならなかった。そんな時、菊人形や生人形を見て、細工物ではどうかと挑んで、半年もしたら、恨みを残して死んだ人の顔が作れたんです」

それからは紫雲堂鬼谷を名乗り、この十年、絵師と細工物師の顔を使い分けているのだと、力むことなく透水は述べた。

綺麗な景色も好きだが、禍々《まがまが》しいものにも惹《ひ》かれるのだと、素直に口にした。

「美人画を描いた歌麿《うたまろ》にしても、春画も描いた。狂歌をもとにして、蛇や蜥蜴《とかげ》、海の底の貝も描いて、その力をみせつけましたからね。世の中に裏表があるように、人の好みや顔にも裏表があったっていいじゃありませんか」

小さく笑うと、透水は六平太の先に立って、さっき入った裏口から外へ出た。

「先生、今夜あたり、一席設けたいと思いますが、いかがで」

小太りの男が蓆掛けの小屋から飛び出して来て、透水の前で揉み手をした。

日本橋に馴染《なじ》みの料理屋があるので招きたいという。

「この秋月さんも誘いたいのだが」

透水が、六平太を指すと、

「もちろんでございますよ」

小太りの男は、六平太に向かって丁寧に腰を折った。

「この男は、小屋主の平五郎《へいごろう》さんです」

透水が、小太り男を六平太に引き合わせた。

「夕方までここで待っていただくわけにはいきませんので、先生どうです、六つ少し前に、浮世小路《うきよしようじ》、伊勢町堀《いせちようぼり》の料理屋『金衛《かなえ》』に集まるというのは」

「歩きたいところもあるし、それはいいな」

透水は、平五郎の提案に乗った。

「秋月さんも、それでよろしいかな」

「結構です」

六平太は透水に頷いた。

「それじゃ、お見送りを」

笑みを浮かべた平五郎は、六平太と透水の先に立って小屋の表へと向かった。

小屋の横手から表に出かかった時、六平太は透水をそっと押し止《とど》めた。

「なにか」

先を行っていた平五郎が、訝《いぶか》るように引き返して来た。

「知り人だよ」

透水も、木戸口で呼び込みの男と押し問答をしている相馬林太郎と川路露風に気付いた。

「紫雲堂鬼谷先生の住まいがどこか、教えてもらいたいんだ」

林太郎は、呼び込みの男に詰め寄っている。

「わたしたち、どうしても弟子になりたいのです」

露風も食い下がったが、

「紫雲堂の先生のことは誰にも喋っちゃいけねぇことになってるんだよ」

と、呼び込みの男は頑強に突っぱねた。

「先生方は、一旦裏に回って、隣りの浄瑠璃小屋の先から表へ」

平五郎の勧めに従い、六平太と透水は一旦小屋の裏手に回ってから、米沢町一丁目の先に出た。

「秋月さんは、これからどちらへ」

尋ねられたが、行く当ては特段なかった。

ただ、木場の『飛騨屋』に顔を出してもよかったし、一旦、元鳥越に戻る手もあった。

「神田に行きます」

六平太がそう返事をしたのは、神田上白壁町の目明かし藤蔵から、箱崎町の押し込みのその後の様子でも聞こうかと思い立ったからだ。

「わたしは、柳原土手から湯島の聖堂へと足を延ばすことにしますので、そこまで」

透水の言う通り、六平太は途中まで同道することにした。

「先生、どうして露風さんに紫雲堂鬼谷の顔を見せなかったんです。さっき、木戸口に出て行ったら、先生のもとに戻って来たかも知れませんよ」

「いや」

小さく呟いた透水は、ふうと息を吐くと、

「そりゃ、戻って来たかも知れんが、それは、惚《ほ》れた腫れたという思いではありませんからね」

と、苦笑いを浮かべた。そして、

「露風が惚れるのは、雅号ですよ。仙谷透水であり、紫雲堂鬼谷。わたしがその雅号を捨てて、元は貧乏御家人の三男坊、村上三郎兵衛《むらかみさぶろべえ》と名乗ったら、誰も見向きもしますまい」

透水は、晴れやかな表情で言い切った。

「わたしはここで」

六平太は、新シ橋の手前で足を止めた。

「それでは後ほど」

透水は、笑みを残して筋違御門の方へと歩み出した。

神田上白壁町の藤蔵の家に向かった六平太は、念のため自身番を覗いたが、町の者が詰めているだけだった。

すぐ近くにある藤蔵の家に行くと、

「秋月ですが、親分はおいでででしょうか」

戸口に立って、声を掛けた。

「秋月さん、庭にお回りを」

家の裏手の方から、矢島新九郎の声がした。

六平太が、戸口から塀に沿って裏手に回ると、小さな庭の縁に新九郎が腰掛け、縁には藤蔵が膝を揃えていた。

「なにごとですか」

新九郎に尋ねられた六平太は、付添いをしていた絵師共々、見世物小屋の主《あるじ》から料理屋に招かれた経緯を話し、暇つぶしをしているのだと打ち明けた。

「そうそう、秋月様、聞きましたぜ」

奥から戻って来た藤蔵が、麦湯を入れた湯呑を六平太の前に置くと、

「何日か前の夜、不忍池で襲われたとか」

そう切り出した。

先日顔を合わせた下谷の御用聞きが、秋月六平太と名乗る男が、新九郎と藤蔵の名を口にしたと言っていたのだという。

「あぁ、それはおれだよ」

「向こうの言う浪人の風貌から、秋月様に間違いないと、下谷のご同業にはそう言っておきました」

藤蔵が小さく頭を下げた。

「心当たりはないと仰ったそうですが」

新九郎が、やや探るような眼を向けた。

「本当に、ないのだ」

そう口にしたものの、不忍池に現れた黒ずくめの男どもは、狙いを定めて六平太に襲い掛かったとしか思えない。

「心当たりを無理にでも探せば、箱崎町で出くわした押し込みの一人を動けなくした末に、死なせたことくらいだ」

「その意趣返しということですか」

新九郎が、眉をひそめた。

「ですが、向こうはどうして秋月さんだと知ったのか」

藤蔵は、腕を組んで首を傾げた。

「藤蔵のいう通りなんだが、相手は『市兵衛店』も知っていて、おれの動きにも眼を付けてるような気がしているんだ」

確信はなかったが、六平太は口にした。そして、

「思い過ごしならいいんだが」

新九郎と藤蔵に、ふっと笑って見せた。


その夜の五つ半、伊勢町堀の料理屋『金衛』を出た六平太は、堀留町《ほりどめちょう》の方へのんびりと足を向けていた。

根津宮永町へ駕籠で帰る仙谷透水を見送ると、まだ料理屋に残ると言う平五郎に見送られて家路に就いたのだ。

堀留を経て、小伝馬町、馬喰町《ばくろちょう》と進んで両国広小路の先の神田川を浅草御蔵《おくら》の方へ渡れば、元鳥越の塒《ねぐら》はすぐそこだ。

東に向かう伊勢町堀が、鉤《かぎ》の手に折れる辺りに架かる道浄橋《どうじょうばし》の北詰に差し掛かった時、南にある米河岸の方から、明かりを灯した屋根船が近づいて来た。

屋根船からは三味線や太鼓の音が鳴り響き、三人の男の客や芸者たちを前に、尻《しり》っ端折《ばしょ》りした幇間《ほうかん》が滑稽な踊りを披露していた。

屋根船の明かりの中に、見知った顔がふたつ浮かび上がった。

年の行った男は弥左衛門だった。

その横に控えているのは、粕壁の帰りに『市兵衛店』まで弥左衛門に付いて来たお

店《たな》の奉公人のような若い男に間違いなかった。

幇間の踊りに、弥左衛門は手を打って笑い、相好を崩している。

すっかり享楽に身をゆだねた弥左衛門の表情を、六平太は初めて眼にしていた。

「世の中に裏表があるように、人の好みや顔にも裏表があったっていいじゃありませんか」

脳裏に、透水の言葉が蘇《よみがえ》っていた。

思わず足を止めて、振り向いた。

弥左衛門の乗った屋根船は西へと折れて、道浄橋の下を潜ったところだった。

六平太は、堀留町の方へ向けて、歩を進めた。

第四話　逢引き娘

一

五日前の両国《りょうごく》の川開きあたりから、江戸は梅雨に入ったのかもしれない。

雨こそ降らないが、空気に湿り気を感じることが多くなった。

半刻《はんとき》ほど前から西の空に雲がかかってしまい、浅草元鳥越《もととりごえ》の『市兵衛店《いちべえだな》』界隈《かいわい》が夕焼けに染まることはなかった。

あと四半刻《しはんとき》（約三十分）もすれば六つ（六時頃）という頃おいである。

出職の者が家路に就いたり、商家が店じまいをする音がしたり、表通りは俄《にわ》かにざわつき始める。

秋月六平太《あきづきろっぺいた》は、湯屋の帰りに買い求めた煮しめや枝豆を入れた風呂桶《ふろおけ》を抱えて、『市兵衛店』の木戸を潜《くぐ》った。

井戸端や路地に、住人が煮炊きをした名残りだろう、薪《たきぎ》の燃えた匂いが籠っていた。

「なんだって！」

突然、大工の留吉《とめきち》の女房、お常《つね》の怒鳴り声がすると、井戸端に一番近い家から留吉が飛び出して来た。

「あ、秋月さん助けてくれ」

留吉が、六平太の背中に回った時、家の中からお常が飛び出して来た。

「この男はねぇ、どういうつもりか、富くじの札を買ったなんて言うんですよ」

お常の眼《め》は夜叉《やしゃ》のように吊《つ》り上がっている。

「おれ一人で買ったわけじゃねぇんだよ。大工仲間四人で感応寺《かんのうじ》の富くじを買おうじゃないかというから、おれ一人抜けるとは言えねぇじゃねぇか。けどよ、一枚二朱の富札を四人で買ったから、一人百五十文ちょっと（約三千百二十五円）で済んだんだぜ」

留吉は六平太の背後に隠れて、怒り心頭のお常を鎮めようと必死だった。

「お前さん、何かい。百五十文が、安いとでもいうつもりかい。冗談じゃないよ。それだけあれば、米二升は買えるんだよ。それをあんたは、どぶへ捨てるようなことして」

「どぶへ捨てたかどうかは、まだ分からないんだしさぁ、お常さん」

六平太がお常をなだめると、

「そっ、そうなんだよ」

留吉が尻馬に乗った。

「秋月さん、この男の肩を持つんですか」

お常の眼が更に吊り上がった。

「これはこれは、お賑《にぎ》やかなことで」

家の中から、笑みを浮かべた弥左衛門《やざえもん》が路地に出て来た。

「どうも、お騒がせして」

留吉が、ぺこりと頭を下げた。

「数ある職人の中で、大工の手間賃は高いと聞きますから、百五十文ごときで暮らしに困るということはありますまい」

「そうなんです」

留吉は、どうだと言わんばかりに、お常に向かって胸を張った。

「ただ留吉さん、富くじを買うなら買うで、一言お常さんに断っておくべきでしたねえ」

「そうなんですよ、あたしゃそのことを言いたかったんですよ」

我が意を得たお常が、とたんに肩をそびやかした。

「弥左衛門さんのいうとおりだよ、留さん。大工って仕事は、雨の多い梅雨時は実入りが減るから、その時のために蓄えようと思ったんだとかなんとか、ことを分けて話せば、お常さんだって腹は立つまい」

六平太が、柄にもないことを口にしたのは、騒動を早く収めたかったからだ。

「ま、それもあるが、たまには親方から暇をもらってさぁ、女房と湯治にでも行けたらなどと、思っちまってよ」

留吉は、殊勝なことを口にした。

「秋月さんや弥左衛門さんの前だから、思いもしないこと口走って、なんだい」

「なにを」

「まままま」

六平太が間に入って、留吉とお常を引き離した。

「それで富札はどうしたんだい」

お常が留吉に尋ねた。

「みんなで買った札はおれが預かってる」

留吉は、己の胸をポンと叩《たた》いた。

「鶴亀か松竹梅か、どっちだ」

六平太が問いかけると、

「いろはだよ。番号は、見なくても頭ん中に入《へ》ぇってる。いろはにほへとちりぬるを

の、りの三百二十五番」

勿体《もったい》ぶって口に出すと、留吉はにやりとほくそ笑んだ。

「えぇ、こちらに秋月さんと仰《おつしや》る付添い屋さんは」

外から木戸を潜って、若い男が入って来た。

「秋月はおれだが」

「神田岩本町《いわもとちょう》の口入れ屋『もみじ庵《あん》』さんに頼まれて伺いましたが、明日のうちに、

神田に顔を出していただきたいとのことでございます」

若い男は、淀《よど》みなく口上を述べた。

「ありがとよ」

声を掛けた六平太は、使いの男に十文（約二百円）を握らせた。

朝の日本橋《にほんばし》の通りは活気があった。

商家の奉公人が忙しく行き来をするし、買い物に来た娘たちや江戸見物の一団が何

組も通り過ぎる。

昨日やってきた『もみじ庵』の使いによれば、明日中に顔を出してほしいとのことだったが、六平太は朝餉《あさげ》を摂《と》るとすぐ『市兵衛店』を後にした。

その足で、神田岩本町の『もみじ庵』に顔を出すと、

「箔屋町《はくやちょう》の箔屋『松雅堂《しょうがどう》』の娘さんの道中の付添いです」

と、親父の忠七《ちゅうしち》が帳面から顔を上げた。

「千住《せんじゅ》で一晩泊まることになるようですが、詳しいことは、『松雅堂』さんに行ってお聞きください」

忠七に言われた通り、六平太は『もみじ庵』を出て箔屋町へと向かったのである。

『松雅堂』は、日本橋、通《とおり》四丁目にあるという。

日本橋を高札場《こうさつば》の方に渡った六平太は、通一丁目からまっすぐ南に歩を進め、三丁目先の角を左に折れた。

看板が眼について、『松雅堂』はすぐに分かった。

店舗の裏の母屋に行くように言われていた六平太は、裏木戸から入って声を掛けた。

応対に出た女中に『もみじ庵』から来たことを伝えると、ほんの少し待たされただけで、台所脇の小部屋に通された。

「わたしは、『松雅堂』の主《あるじ》で新左衛門《しんざえもん》と申します。秋月様の評判は、以前から日本

橋界隈のお店《たな》の知り合いから聞いておりまして、それでこの度、『もみじ庵』にお願いしたようなわけで」

すぐに部屋に現れた新左衛門の物言いは丁寧だったが、どこか落ち着きがなかった。

「それで、付添いはいつのことでしょうか」

「はい。三日後の八日に、娘を千住に送り届けていただきたいのです」

と、新左衛門は頷《うなず》いた。

「こっちも泊まりがけと聞いて来たが」

「はい。秋月様にもお泊まりいただいて、翌日、娘をこちらに連れ帰っていただきたいのでございます」

新左衛門は手を突いた。

「付添い料は、二日分になるが」

念を押すと、宿代も込みで一分（約二万五千円）ではどうかと尋ねられた。

宿代は二百文（約四千円）もしないから、実入りは良い。

六平太は、一分で請け負った。

菅笠《すげがさ》を被《かぶ》って外堀を西に歩いていた六平太は、水戸《みと》中納言《ちゅうなごん》家上屋敷前の分かれ道を右へ向かった。

百軒長屋の坂道を行けば、江戸川に架かる竜慶橋《りゅうけいばし》に至る。

その江戸川に沿って上流に向かえば音羽《おとわ》に着く。長年通いなれた六平太には分かりきったことで、目隠しをしても歩ける道だった。

日本橋の箔屋『松雅堂』の用事を済ませると、『市兵衛店』に戻った六平太は着替えをし、大家の孫七《まごしち》の家に立ち寄って、しばらく留守をすると伝えると、

「あら、どこかのいい人と出湯《いでゆ》にでも行くんですか」

弥左衛門の家に通う女中のお竹《たけ》が、井戸端から戻る途中、足を止めた。

「次の付添いまで日があるから、それまで音羽でのんびりするのさ」

六平太は、八日の仕事は朝早いから、音羽から日本橋に行って、千住へ行く娘の付添いをするのだと説明して、『市兵衛店』を後にして来た。

小日向水道町《こびなたすいどうちょう》を通り過ぎ、江戸川橋の北詰に立つと、広く緩やかな坂道が護国寺《ごこくじ》門前へと延びているのが眼に入る。

六平太は、桜木町《さくらぎちょう》と音羽九丁目の間の道を左へと折れて、目白坂《めじろざか》へと向かった。

その時、目白不動の時の鐘が八つ（二時頃）を打ち始めた。

「いるか」

関口駒井町《せきぐちこまいちょう》のおりきの家の戸を開けて、六平太は声を掛けた。

「いますよ」

家の中から、おりきの声が返って来た。

土間を上がって、長火鉢のある茶の間に入ると、おりきは庭に面した縁で髪結いの道具の手入れをしていた。

「ついさっき戻って来たんですよ」

おりきは、紙で拭いた櫛《くし》を台箱の引き出しに入れた。

「八日の朝の付添いまで世話になるぜ」

そう言いながら縁に立つと、六平太は大きく伸びをした。

「それじゃ今夜は『吾作《ごさく》』に行きましょうかねぇ」

「いいね」

六平太は、おりきの提案に乗った。

「そうと決まったら、風呂の支度をして、明るいうちに出掛けようじゃねぇか」

それには、おりきも賛同した。

夕涼みがてら近隣を歩き、『吾作』で飲み食いをして帰って来たら、程よくぬるくなった風呂の湯を浴びることが出来る。

「よし」

そう声に出した六平太は、庭に置いてある下駄に足を通すと、江戸川に面した垣根近くの井戸の蓋を開けた。

風呂を沸かし終え、揃《そろ》って家を出た六平太とおりきは、目白坂を下った。

七つ（四時頃）まであと四半刻という刻限だった。

夕刻の護国寺の庭を眺めてから、雑司ヶ谷《ぞうしがや》の鬼子母神《きしもじん》に回るつもりである。

「いるかい」

六平太は声を掛け、おりきと共に暖簾《のれん》の掛かっていない居酒屋『吾作』へと足を踏み入れた。

護国寺に行く途中の八丁目にある『吾作』には、行くと決めていなくとも、顔を出さないわけにはいかない。

「あ、いらっしゃい」

六平太とおりきを笑顔で迎えたのは、襷掛《たすきが》けをして飯台を拭いていたお国《くに》だった。

「菊次《きくじ》は」

六平太が尋ねると、

「夜の仕込みが終わったから、少し眠るなんて言って奥の部屋に。でももうそろそろ起こさなきゃならない刻限ですけど」

寝ている菊次に気を遣ったのか、声を低めたお国が奥を指さした。

「おれが起こそうか」

「お願いします」

お国が、六平太に頷いた。

六平太は店の奥にある小部屋へ向かった。

以前は客を入れていた部屋だが、最近はもっぱら、夜遅くなった菊次が寝たり、六平太が休ませてもらっている。

部屋の外に立った六平太は、中の光景を見た途端、

「おい、二人ともこっちへ来てみろ」

店の方に小声で呼びかけた。

揃ってやった来たおりきとお国は、部屋の中の様子を眼にした途端、顔中をほころばせた。

畳に仰向《あおむ》けになって寝ていたのは菊次だけではなく、その横にはお国の倅《せがれ》の公吉《こうきち》も寝ていた。

その二人の寝姿がそっくりだった。

「もう少し寝かしておくか」

六平太が呟《つぶや》くと、

「わたしら、後で顔を出すと、菊次さんにそう伝えておいてください」

おりきがお国に囁《ささや》いた。

居酒屋『吾作』を後にした六平太とおりきは、護国寺門前へ通じる広い道をゆっくりと上がった。

「あぁあ、お二人の仲のいいとこなんか見たくないよ」

五丁目のところで、楊弓場《ようきゅうば》から顔を出した矢取り女のお蘭《らん》が、芝居じみた声を浴びせて来た。

「見たくなかったら、眼を瞑《つぶ》ってろよ」

六平太が言い返すと、

「やぁだよぉ」

と、口を尖《とが》らせたまま、二人の傍《そば》に寄って来た。

「おりき姐《ねえ》さん、どこ行くの」

「護国寺さんから雑司ヶ谷に廻《まわ》ろうかと思ってさ」

おりきの返事に、ふーんと声を出したお蘭が、

「聞いたけど、毘沙門《びしゃもん》の若い衆の穏蔵《おんぞう》って新入りは、秋月さんの知り合いなんだってね」

「そうだが、なんだ。お蘭、おめぇ、手ぇなんか出すなよ」

六平太が軽口を叩くと、

「あの子はいい性分をしてるよ」

と、真顔で褒めた。

お蘭によれば、町の人のためによく働くのだという。

「ほう。あいつの親が聞けば喜ぶだろうよ」

六平太は他人事のような物言いをした。

「六平さん、噂《うわさ》をすればなんとかだよ」

おりきが、坂上の方を指さすと、

「あ、来た来た」

と、お蘭まで囃《はや》し立てた。

護国寺の方から、梯子《はしご》や鎌を持った六助《ろくすけ》と竹市《たけいち》に混じって、荒縄を肩に掛けた穏蔵が下って来た。

「仕事帰りかい」

おりきが声をかけると、六助と竹市はへいと明るく返事して通り過ぎたが、穏蔵は六平太とおりきに会釈をしただけで、無言で通り過ぎた。

「初々しいじゃないか」

お蘭がしみじみと口にしたが、六平太も同感だった。

毘沙門の若い衆としては幼かった穏蔵が、見るたびに仕事師の様相を身に付けていた。

「あら穏蔵さん、こんにちは」

若々しい娘の声が坂の下から届いた。

小間物屋の店先に立っている十五ほどの娘に頭を下げた穏蔵が、照れたものか、先を行く六助と竹市の方へ急いだ。

「へぇ、『寿屋《ことぶきや》』の娘さんとも知り合いかぁ」

おりきが呟いた。

六平太は、西日を浴びた往来に紛れて行く穏蔵の姿をさりげなく眼で追っていた。

二

居酒屋『吾作』の表戸は開け放されている。

そこから、煮炊きの煙が表の小路《こうじ》に流れて行く。

暮れ六つの鐘が鳴って四半刻が経《た》った刻限ともなると、『吾作』の表の小路は多くの人の往来がある。

仕事を終えて酒を求める者、江戸見物の連中、音羽の岡場所を目指す者たちが集まって来るのだ。

六平太とおりきは、いつもの定席と言える、店の一番奥の飯台で向かい合っていた。

『吾作』は、七、八分の客の入りで、お国と倅の公吉まで忙しく立ち働いていた。

ほんの少し前に客となった六平太とおりきは、空豆を摘《つ》まみに冷や酒を飲んでいる。

「板さん、豆腐と石鰈《いしがれい》、胡瓜《きゆうり》と赤貝の酢の物は」

お国が板場に向かって声を張り上げると、

「もう少しだ」

板場から菊次の声が弾《はじ》けた。

「秋月さんたち、お待ちだからね」

「分かってる」

お国と菊次が、丁々発止とやり合った。

「お国さん、おれたちは後回しでいいよ」

六平太が気を利かせると、

「そういうわけにはいきません」

と、お国は案外律儀だった。

「鮎並《あいなめ》上がったよ」

菊次の声に、

「はぁい」

と、返事をしてお国は板場の棚に載った皿を持って、戸口近くの客へ運んだ。

「いらっしゃい」

外から入って来た甚五郎《じんごろう》に声を掛けたお国が、六平太たちのいる方を指し示した。

「うちの若い者が、お二人を見かけたというもんですから、多分今夜はここだろうと、押しかけてきました」

甚五郎は、六平太とおりきの飯台の横に立つとそう挨拶をした。

「さ、こちらへ」

おりきの勧めに従い、甚五郎は六平太と並んで腰掛けた。

手伝いの公吉が来て、甚五郎に盃《さかずき》を置くと、

「穏蔵の兄ちゃんは来ないのかい」

と、訊《き》いた。

「ほう、公吉は穏蔵と仲良しなのか」

「うん」

公吉は、甚五郎に向かって大きく頷いた。

「けどな公吉、穏蔵はまだ仕事師としては半人前なんだよ。ということは、こういう店に出入りするにはまだ早いってことさ」

六平太が丁寧に説明した。

「公吉、小皿を一枚くれ」

呼んだのは馴染《なじ》みの客らしく、公吉ははぁいと返事をして、六平太たちのもとから飛んで行った。

「親方」

おりきが声を掛けて、公吉が持って来た甚五郎の盃に酌をした。

六平太とおりきも盃を手にすると、なんとなく掲げて口にした。

「秋月さん、穏蔵はよくやってますよ」

そういうと、甚五郎は手酌をした。そして、

「わたしには一言もいいませんが、体の弱い一人暮らしの年寄りと知り合って、その爺《じい》さんが動けない時など、代わりに医者のところに薬を貰《もら》いに行ったりしてるようです」

甚五郎の話に、六平太は声もなかった。

「へぇ」

と、感嘆の声を挙げたのはおりきだった。

「おまちどおさま」

料理の皿と徳利《とつくり》を二本、お国が運んで来た。

「お国さんが住んでる『八郎兵衛店《はちろべえだな》』ですよ」

甚五郎が、聞き覚えのある裏店《うらだな》を六平太に教えた。

『八郎兵衛店』は、音羽四丁目裏の鼠《ねずみ》ヶ谷《やつ》下水にあった。

「なんのことです」

お国が、甚五郎を見た。

「ほら、うちの穏蔵が、信助《しんすけ》爺さんのとこに時々顔を出してるって話だよ」

「そうそう。あの子には感心しますよ。たまに来ては、使い走りから、湯沸かしまでしていきますからね」

甚五郎の話を引き取ると、お国はそう付け加えた。

「あれだよ、穏蔵があの爺さんと知り合ったのは、ほら半月前」

菊次がいきなり、板場から話に割り込んだ。

菊次の話によると、『八郎兵衛店』のどぶの流れが悪いのと、井戸の釣瓶《つるべ》の具合が悪いというので、家主である小間物屋『寿屋』の主が、甚五郎に修繕を頼んだことがあった。

「どぶ掃除と釣瓶の修繕に、弥太《やた》と六助を行かせていたな」

「その時、穏蔵も来てたって、お国さん言ってたんじゃなかったかい」

菊次がお国に確かめた。

「そうでした。きっと、あの時に知り合ったんだと思いますよ」

思い出したように口にしたお国は、小さく何度も頷いた。

「穏蔵が信助爺さんを気にかけてることでは、この前も、『寿屋』の旦那にお礼を言われてしまいましたよ。若い衆が良くしてくれるって」

甚五郎が、しみじみと口にした。

六平太は、黙って、自分の盃に酒を注いだ。

ふいに、『寿屋』の娘に挨拶された穏蔵の、戸惑った様子が六平太の頭を過《よぎ》った。


朝日の射《さ》す神楽坂《かぐらざか》は水気を含んでいたが、ぬかるんではいない。

それでも用心しながら、六平太は牛込御門《うしごめ》へと下った。

六平太が音羽に着いた翌日は、朝から雨になった。

大降りではなかったものの、細かい雨が宵の口まで続いた時は、千住に付添う今日の仕事がどうなるのかと心配したが、夜が明けた時分には晴れ渡っていた。

おりきも今頃は、前々から頼まれていた髪結いのために、下駄を鳴らして護国寺門前へ向かう坂道を上がっているに違いない。

神楽坂から牛込御門へ出た六平太は、堀沿いを湯島《ゆしま》の方へ向かった。

それから半刻ほどで、日本橋の『松雅堂』に着くと、新左衛門に指示されていた刻限どおり、本石町《ほんごくちょう》の時の鐘が五つ（八時頃）を打ちはじめた。

六平太は、裏木戸から入って母屋の戸口に立つと、声を掛けた。

中から戸が開き、旅支度をした娘が、待ちわびていたかのように出て来た。

「娘のお糸《いと》です」

娘の後から、連れ合いと思《おぼ》しき女と共に出てきた新左衛門が、旅装の娘を指して六平太に引き合わせた。

「娘をどうかよろしく」

新左衛門の連れ合いと思しき女が、不安に満ちた顔で深々と腰を折った。

「秋月様、こちらへ」

新左衛門は、女二人から少し離れたところへと誘った。

「お約束の一分です」

六平太に小さな包み紙を手渡した新左衛門は、

「明日は、なんとしても娘を連れ帰って下さいますよう」

押し殺した声で訴えかけた。

あまりにも当然のことを言われて面食らったが、六平太は、大きく頷いた。

箔屋町の『松雅堂』を後にした六平太とお糸は、日本橋を北へと渡ると、浅草御門へと足を向けた。

千住へは、両国橋《りようごく》から二里（約八キロ）ばかりだから、日本橋からだと三里足らずと思われる。

朝の五つ時分に発《た》てば、その日の内に帰って来られる道のりである。

お糸にはおそらく、泊まりがけの用事があるのだろう。

両国西広小路《にしひろこうじ》から浅草御門を経た六平太とお糸は、大川の西岸を北上した。

浅草寺《せんそうじ》の東には、妹の佐和《さわ》が、亭主の音吉《おときち》や二人の子供と暮らす聖天町《しょうでんちょう》があるが、そこは素通りして、山谷町《さんやまち》を南北に貫く日光《にっこう》街道をひたすら北へ向かった。

お糸の足は思ったより早かったが、それでも、荒川《あらかわ》の南岸、豊島《としま》郡、千住宿に着いたのは九つ（正午頃）に近かった。

「行先は、千住のなんていう所だね」

六平太が尋ねると、足を止めたお糸は、懐から書付を取り出して広げた。

「千住ではなくて、千住掃部《かもん》宿の慈眼寺《じげんじ》なんです」

「あぁ、掃部宿なら、この先の荒川を越えた向こう側だよ」

六平太がそう告げると、お糸は大きく頷いて歩き出した。

六平太は、千住界隈には明るかった。

信濃《しなの》国、十河《そごう》藩江戸屋敷の供番を勤めていた六平太は、藩内の抗争に巻き込まれた挙句、謂《いわ》れのない謀反の疑いをかけられて藩を追われた。

それからしばらくは、無念さと怒りのやり場のなさに江戸の盛り場を狂暴な野良犬のようにほっつき歩き、喧嘩《けんか》は無論のこと、博打や女遊びで憂さを晴らしていた。

千住は、その時分何度も逗留《とうりゅう》したことのある盛り場の一つだった。

荒川に架かる千住大橋を北へ渡った先に、千住掃部宿の通りがあった。

「行きたいのは、慈眼寺なのかね」

「いいえ。慈眼寺の裏手にある、百姓家に」

お糸の声が、最後の方には消え入りそうになった。

「ともかく、慈眼寺へ行こうか」

六平太の声に、お糸は頷いた。

そこからは、六平太が先に立った。

通りの先にある高札場を過ぎ、問屋場の先を左に曲がった辺りに、寺社が幾つかあったことを朧《おぼろ》に覚えている。氷川《ひかわ》神社や不動院の他に、慈眼寺という寺があった気もする。

記憶を頼りに高札場を曲がると、少し先に、見覚えのある寺があった。

「ここが慈眼寺だよ」

山門を指さした六平太には構わず、お糸は足早に寺の裏手の方へと向かった。

畑地に出たところで足を止めたお糸は、何軒か建っている百姓家と書付を見比べると、前庭に二本の柿の木がある小さな百姓家へと急いだ。

「糸です」

戸口に立ったお糸は、障子戸の中に声を掛けた。

すると、中から戸が開き、野良着を纏《まと》った男が飛び出して来た。

「お糸ちゃん」

そう言いかけた男が、びくりと六平太に眼を向けた。

「お父《と》っつぁんが雇ってくれた、付添い屋さんなの」

お糸がそう説明すると、強張《こわば》っていた男の顔が少し緩んだ。

男の年は、二十代半ばくらいに見える。

「付添い屋さん、わたしは今夜ここに泊まりますから、明日の朝は、五つに迎えに来て下さい」

そう口にしたお糸は、それまでは好きにしていいと言い添えた。

「おれは掃部宿で宿を探します。それじゃ、明日の五つに」

踵《きびす》を返すと、六平太は宿の通りの方へ足を向けた。

その背後で、ピシリと戸の閉まる音がした。

荒川の岸から北へ延びる日光街道、千住掃部宿は千住一丁目から五丁目まである。

その先は、入会地《いりあいち》の多い名倉《なぐら》、大塚《おおつか》という土地である。二階の部屋の障子を開くと、問屋場の向こうに広がる畑地の先に、慈眼寺と不動院が望めた。

真上にある日は、夕刻ともなれば、慈眼寺の方向に沈むはずだ。

問屋場近くの飯屋で昼餉《ひるげ》を摂ったあと、六平太は千住一丁目の旅籠《はたご》に揚がった。その旅籠と問屋場は、日光街道を挟んで向かい合っていた。

「お客さんは、江戸から千住へは、何かの見物ですか」

若い女中が、六平太が書いた宿帳に眼を落としたまま声を掛けた。

「昔は何度も来たが、千住に見物して回るようなところはないだろう」

「そうだねぇ、これと言って、ないねぇ」

女中は律儀に返事をした。そして、

「千住の宿は、旅人にはただの通り道だものねぇ」

呟くと、ふふふと、寂し気に笑った。

「あ、そうだ」

立ちかけた女中が、窓辺に立っている六平太に笑みを向け、

「隅田《すだ》村の方に、向島《むこうじま》七福神があるよ」

と、東の方を指さした。

千住掃部宿は、足立郡《あだち》である。

荒川が大きく南に曲がった先の辺りで新綾瀬川《しんあやせがわ》が流れ込んでいる。

その合流した辺りの南側が隅田村だった。

確かに、毘沙門天を祀る多聞寺《たもんじ》や、桜や雪景色で有名な木母寺《もくぼじ》もある。

「船があれば楽だが、歩いて向こう岸に行くのは難儀だぜ」

六平太が首を傾《かし》げると、

「そうなんだよねぇ」

女中は、ため息混じりで呟くと、部屋を出て行った。

窓の敷居に腰掛けると、眼下の街道を多くの人々の往来があった。

八つを過ぎた時分だが、飲み屋に繰り出すには中途半端な刻限である。

どこかで牛の啼《な》き声がして、街道に流れた。


眼が覚めた時、辺りは真っ暗だった。

布団に入って寝る前、閉めた雨戸にはわずかに隙間を作っておいたのだが、外から射し込む明かりはなく、真夜中なのか、明け方が近いのかも分からない。

六平太は昨夕、旅籠の夕餉《ゆうげ》を断って、宿場の居酒屋で飲み食いをした。

旅人や、宿で働く人足や駕籠舁《かごか》きたちで騒がしい店だったが、食い物にも酒にも文句はなかった。

「ご浪人、これから一勝負どうです」

一人で飲んでいた遊び人風の男に声を掛けられたが、やんわりと断った。

食べ終わってからも、残り物を肴《さかな》に酒を飲んだ六平太は、五つを過ぎてからその店を後にした。

「ねぇ、遊んでおくれよ」

旅籠に帰る道々、暗がりから現れた白首の夜鷹《よたか》に二度も袖を摑《つか》まれたが、なんとか振り切った。

旅籠に帰ってからも、徳利を一本頼んで、部屋で飲んだ。

布団に入ったのは、四つ（十時頃）くらいかも知れない。

寝入ってから、一度目が覚めたことがあった。

その時は、すぐにまた眠れたが、今は目が冴えてしまった。

夕餉に出掛ける前、半刻ばかり午睡をしたせいかと思ったが、そればかりではないような気がする。

千住に着いてから、六平太には何か引っ掛かるものがあった。

慈眼寺裏の百姓家の男は、お糸が来ることを承知していたと思われるし、父親の新左衛門も男のもとに行くことを承知で送り出したようだ。

だから、泊まりがけの道中になったのだ。

お糸と百姓家の男にはなにか曰《いわ》くがあるのだろうが、引っ掛かっているのはそのことではなかった。

「明日は、なんとしても娘を連れ帰って下さいますよう」

六平太に訴えかけた、新左衛門の必死さはなんなのだろう。

連れ戻すことに拘《こだわ》った新左衛門の言葉の裏には、お糸が戻らない恐れがあるということなのだろうか。

つまり、心中――そこまで思い至って、六平太は急ぎ身支度を整えた。

袴《はかま》を穿《は》き、菅笠と刀を手にした六平太は、部屋から出ると、暗い廊下を進み、足音を忍ばせて階段を下りた。

階段の下も戸口の外も暗かったが、建物の奥の方から俎板《まないた》を叩く包丁の音がしていた。台所では朝餉の支度が始まっている時分のようだ。

薄明かりのついた帳場を覗《のぞ》くと、昨日見かけた白髪の番頭が帳面から顔を上げた。

「早立ちですか」

「そうなんだが、いま何刻《なんどき》だい」

「そろそろ七つかと存じます」

返事を聞いて、

「勘定を頼む」

六平太がそう言うと、帳面を繰った番頭が算盤《そろばん》を前にした。

「酒と、うるめいわしの注文がありましたので、締めて百六十八文（約三千三百六十円）になります」

番頭が、弾いた算盤を六平太の前に置いた。

一朱（約六千二百五十円）を出して釣りを貰うと、六平太は、土間に置かれた草履に足を通して、まだ暗い街道へと飛び出した。

早立ちの旅人の姿がぽつぽつと見かけられた。

この刻限は人の往来が少ないとあって、荷を積んだ荷車が車輪の音を轟《とどろ》かせて行き交い、棒手振《ぼてふ》りも駆け足で通り過ぎた。

問屋場の先を左へと曲がった六平太の眼に、慈眼寺や不動院の堂宇《どうう》が黒々とした影となって映った。

慈眼寺の裏に回ると、お糸が入った百姓家も黒々として静まり返っていた。

戸口に近づいて耳を付け、中の気配を窺《うかが》った。

微《かす》かに物音がし、密《ひそ》やかに言葉を交わす男女の声がしているところをみると、心中を企てた様子はなかった。

迎えは五つにと言われていたが、宿賃を払った旅籠に戻るわけにはいくまい。

六平太は、前庭で待つことにした。

柿の木の根元近くにあった大きな石に腰掛けてしばらくすると、辺りがうっすらと白んできた。

やはり、夏の夜明けは早い。

石に掛けたまま軽く伸びをした時、コトリと音がして、百姓家の障子戸が中から細く開けられた。

戸の隙間から顔を出した男が左右を窺うと、突然広めに開けて、お糸と共に外へ出て来た。

六平太は、急ぎ二人の前に駆け寄った。

お糸と男は、息を飲んで立ち止まった。

「どうか、見逃してください」

お糸が男の前に出て、六平太に手を合わせた。

「どこへ行くつもりだね」

六平太が静かに問いかけた。

すると突然、自分の簪《かんざし》を引き抜いたお糸が、六平太を目掛けて振り下ろした。

咄嗟《とっさ》に身を躱《かわ》して避けると、お糸の手首を摑んで捻《ひね》り上げ、簪を奪い取った。

「どうか、わたしたちを見逃してください」

再びそう懇願したお糸は、六平太に向かって頭を下げた。

「ここから、どこへ行こうと言うんだ」

六平太がさらに尋ねると、

「二人で暮らせるところを探そうと」

男が声を振り絞った。

その言葉に呼応して頷いたお糸の眼には、少々のことでは諦めないという意思の固さが見て取れた。

三

自在鉤《じざいかぎ》に掛けられた鉄瓶の下で炎が揺れている。

囲炉裏《いろり》を挟んで、六平太の向かいには男が座り、はす向かいにお糸が座っていた。

先刻、お糸に見逃してくれと頼まれた六平太は、話を聞くまでは決めかねると返事をした。

「話を聞いていただきましょう」

お糸が言い出して、六平太は家の中に招かれたのだ。

男が火を熾《おこ》したのは寒いからではなかった。

茶でも飲みながら話そうと言い出して、男が湯を沸かすことにしたのだ。

「わたしは、幸七《こうしち》と申します」

先刻、自在鉤に鉄瓶を掛けた男はそう名乗った。

日本橋、通一丁目の小間物屋『上総屋《かずさや》』の次男だとも告白した。

「それじゃ、話を聞きましょうか」

六平太は、穏やかな声で促した。

「わたしと幸七さんは、夫婦になるはずだったんです」

お糸が口火を切った。

お糸の生家『松雅堂』は通四丁目の箔屋町、幸七の生家『上総屋』は通一丁目にあり、近所の上に親同士も知り合いで、二人は幼馴染だったという。

父親同士の話し合いで、幸七は将来、跡継ぎの居ない『松雅堂』に婿養子として入ることが決まっていた。

それが八年前のことで、幸七が十七、お糸は十三になっていた。

「親同士が決めたことではありましたけど、嬉《うれ》しかったんです。小さい時分から、わたしは幸七兄ちゃんのお嫁さんになるんだって、心に決めてましたから」

お糸がそういうと、

「お糸ちゃんと夫婦になって『松雅堂』さんの婿養子になるということは、わたしの中では前々から決めていたことでしたので、なんの異存もありませんでした」

幸七も心情を語った。

秋には祝言を挙げることが決まった矢先の今年の三月、とんでもないことが幸七の身に降りかかった。

罪人を匿《かくま》った上に、金まで与えたという科《とが》で、江戸払いという軽追放の刑を受けてしまったのだ。

罪人というのは、同じ日本橋の袋物屋の次男坊、春之助《はるのすけ》だった。

家が近いので、小さい時分から共に手習いや算盤を習いに通っていたし、よく遊んだ友達の一人だった。

だが、幸七が十四、五になった頃にはほとんど顔を合わせることもなくなっており、近所では、どこかのお店に修業に出されたとか、盛り場に入り浸っているという様々な噂が入り混じって飛び交った。

「日本橋、音羽町《おとわちょう》の春之助という人から、一石橋《いちこくばし》で待ってると伝えてくれと言付かりました」

『上総屋』の表を掃除していた小僧から、そう知らせを受けたのは正月の半ば頃だった。

何年も会っていなかったとは言え、幼馴染の名前を忘れてはいなかった。

幸七は、日本橋の西に架かる一石橋に急いだ。

「幸七、すまなかったな」

橋の袂《たもと》で待っていた春之助は、幸七を見るなり、無精ひげの生えた頬を撫《な》でた。

春之助は、しばらく江戸を離れていたと口にした。

親と喧嘩して家を飛び出して勘当同然の身の上だから、まともな宿には泊まれないので、どこか泊まるところを世話してもらいたいと、春之助は頭を下げた。

幸七は頼みを聞き、材木河岸《ざいもくがし》にある知り合いの旅籠に口を利いて春之助を泊めさせることにし、一分（約二万五千円）を渡した。

「おれのことは、音羽町の親たちには黙っていてくれ」

春之助にそう釘《くぎ》を刺された幸七は、頷いて旅籠を後にした。

翌朝、旅籠を訪ねると、春之助は既に立ち去っていた。

それからひと月半以上が経った三月の初め、幸七は突然、南町奉行所に連れて行かれたのだ。

一年も前に刑を受けて、江戸への立ち入りを禁じられていた春之助に旅籠を世話し、その上金子《きんす》を与えたことが、罪人を幇助《ほうじょ》する行為として咎《とが》められたのである。

役人の話によれば、幸七から貰った一分でしばらく江戸をさまよっていた春之助だったが、金が尽きると寒さとひもじさに耐えきれず、一膳飯屋でただ食いをした上に金をも盗もうとしたところを、居合わせた男の客三人に取り押さえられたという。

そのお調べの最中に、江戸払いの身でありながら江戸に入り込んだ今年の正月、昔馴染みの幸七に会ったということを自白したのだった。

結果、幸七は、江戸払いという刑罰を蒙《こうむ》ったのである。

お糸と幸七の縁談は、『上総屋』側からの申し入れによって破談となった。

養子の成り手を失うことは痛手だったが、罪人をお糸の婿にするわけにいかず、『松雅堂』の新左衛門は破談に応ずるしかなかった。

「三月の半ばに江戸を離れて、千住に住み着いたのか」

六平太が尋ねると、

「千住には、巡り巡って、四月の初めに辿《たど》り着いたのです」

幸七はそう返事をした。

江戸町奉行所が管轄する墨引きの外にある千住は、江戸ではない。

千住で、寝る場所を転々としながら、街道で車押しや荷物持ちなどの力仕事をこなして糊口《ここう》を凌《しの》いでいたという。

近隣の農家に頭を下げて頼み込み、畑仕事を手伝ったり、慣れない田植えをさせてもらったりして、手間賃代わりに握り飯を貰うという日々を重ねた。

「そうしたら、わたしを見ていてくれる人がいましてね、住人の居なくなったこの家を寝泊まりに使っていいと言ってくれたんです。それが、十日前でした。やっと居所が定まったものですから、お糸ちゃんに文を書いたのです」

今に至る経緯を話し終えた幸七の口から、ふうとため息が洩《も》れた。

「文にはここの居所が書いてありましたから、おっ母《か》さんにだけは断って千住に行こうとしたんです。そしたらお父っつぁんに知れて、一度は引き留められました」

お糸によれば、そわそわとして落ち着かない女房の様子に気付いた新左衛門が問い詰めて、幸七の一件を知ったという。

新左衛門は激昂して、『上総屋』とは絶縁しているから、罪人の幸七と関わることは許さないと口にした。

「でも、もう一度幸七さんに会いたかったんです。夫婦にはなれなくても、なんとかもう一度。どうしてもだめだと言うなら舌を嚙《か》むとお父っつぁんに言いました。本気でした。だって、会えないくらいなら、死んだ方がましだって思いましたから」

お糸は、淡々と口にした。

お糸の思いが口から出まかせではないと感じ取った新左衛門は、付添い屋を付けて千住に行かせる決断をしたようだ。

自在鉤に掛かった鉄瓶から、ちんちんと湯の音がした。

「この先も夫婦になれないのなら、いっそ、江戸から離れたどこかへ行って暮らそうと、昨夜話して、決めたんです」

茶を淹《い》れることを忘れた幸七が、声を絞り出した。

「ここからどこかへ行くなら、付添い屋さんが来る五つより前、夜が明けたら発《た》つことにしていたんです」

お糸が、そう言い添えた。

「逃げたって、この先いいことはないよ」

六平太は、静かに口を開いた。

「幸七さんは罪人だ。どこに行っても仕事の口はないと覚悟しなきゃならない。すぐに暮らし向きが行き詰まるのは目に見えてる」

「わたしだって、働く覚悟はあります」

お糸が、睨《にら》むように六平太を見た。

「二人がしようとしてるのは、駆け落ちだよ。そんなことをすれば、周りを巻き込むことになる。駆け落ち者を出したとなると、『松雅堂』にしろ『上総屋』にしろ、世間体を悪くして、ついには商いが立ち行かなくなるということにもなるんだぜ」

六平太は努めて穏やかに、理を分けて話した。

がくりと項垂《うなだ》れた幸七の隣りで、両手で顔を覆ったお糸がむせび泣きを洩らした。

「こう言っちゃなんだが、江戸払いは罪の軽い刑罰だ。二、三年、ここで真っ当に暮らしていれば、江戸に戻れる目が出るということだってあるさ。それまでは、今日のように、お糸さんが千住に通えばいいじゃないか」

そう提言すると、お糸と幸七が弾かれたように顔を上げ、六平太を見て、何か言いたげに口を半開きにした。

「そうですね」

ぽつりと幸七が呟くと、

「そうよ。わたし、千住に通うことなんか、なんでもないわ」

お糸の顔に、微かに笑みが浮かんだ。

幸七が真っ当に暮らしていれば、江戸へ戻れるよう、北町奉行所の同心、矢島新九郎《やじましんくろう》に口を利いてもいい――そう言ってやろうかと思ったが、それはやめた。

淡い期待を抱かせておいて、叶《かな》わないとなった時は、かえって可哀相《かわいそう》だし酷だ。

それよりは、千住に通う手があるということに、二人が光明を見出《みいだ》したことで良しとしたほうがいいのかも知れない。

荒川の北岸、千住大橋の袂にある船着場一帯は朝日を浴びていた。

刻限は六つというところだが、荷を積んだ船が上流や下流に向けて、次々と岸辺を離れて行く。

六平太と旅装のお糸は、一艘《そう》の荷船に乗り込んだ。

荒川を下り、浅草に近い橋場に荷を運ぶという船を見つけた六平太が、船頭に頼み込むと、一人二十文（約四百円）で乗せてやると請け合ってくれたのだ。

「それじゃ幸七さん、また来ます」

お糸が船から声を掛けると、

「あぁ」

と、岸辺に立っていた幸七が大きく頷いた。

船頭が棹《さお》を差すと、荷船は岸辺をはなれて、下流へと滑り出した。

川が湾曲して船着場が見えなくなるまで、お糸は幸七に手を振り続けた。

下流へ向かう船足は、思った以上に速かった。

千住大橋から半刻足らずで、荷船は浅草橋場町《はしばちょう》の白髭《しらひげ》の渡し場に着いた。

船を下りた六平太とお糸は、浅草今戸町《いまどちょう》の通りを浅草寺の方へと向かった。

「お糸さん、喉が渇きませんか」

山谷堀に架かる今戸橋を渡り、右側に待乳山《まつちやま》聖天社が見えたところで、六平太が足を止めた。

「朝餉も摂らずに出てきたから、腹も空《す》いたんじゃないかな」

「お腹《なか》は日本橋まで我慢出来ますけど、喉は渇きました」

お糸は、小さな笑みを浮かべた。

「この裏の聖天町に妹が住んでいますから、麦湯でも飲ませてもらいましょう」

妹が、浅草十番組『ち』組の火消し、音吉の女房になっているのだと説明すると、
六平太は金龍山下瓦町《きんりゅうざんしたかわらまち》の四つ辻《つじ》を右へと曲がった。

喉が渇いたのもあるにはあったが、近くにある佐和の家を素通りするのに少々気が咎めたのだ。

浅草聖天町は聖天社の西側にある。

「おれだが」

木戸を潜った六平太は、開けっ放しの戸口に立って訪いを告げた。

「庭にいます」

建物の裏手の方から佐和の声がした。

「こちらへ」

六平太はお糸を促して、建物と板塀の隙間を右手に回り、小さな庭に出た。

「あら」

建物の板壁に立て掛けた板に洗い張りをしていた佐和が、お糸に会釈をした。

「こちらの付添いで、千住に行った帰りなんだ」

六平太は、それ以上の細かいことは省いて、喉が渇いたので立ち寄ったとだけ説明した。

「突然、申し訳ありません。糸と申します」

「ご丁寧に恐れ入ります。妹の佐和と申します」

佐和は、洗い張りを中断してそう挨拶をすると、

「麦湯がありますけど」

六平太を見た。

「それと、少しでいいから、腹の足しになるものがあると助かる」

「朝炊いたご飯がありますから、塩結びにします」

佐和は、六平太にそう返事をすると、戸の開いていた台所の土間へと飛び込んで行った。

「ま、お掛けなさい」

六平太が促すと、お糸は頷いて縁に腰を掛けた。

「おきみちゃんと勝太郎《かつたろう》はいないのか」

六平太が大きな声を上げると、

「下駄屋のおまさちゃんと田町《たまち》の山重《やましげ》さんに」

台所から佐和の返事がした。

『山重』は、佐和が音吉と夫婦になる前から仕立て直しを請け負っている、浅草の古着屋である。

おきみというのが、音吉と亡き先妻との間に生まれた娘だが、勝太郎は佐和が産んだ男児である。

勝太郎は、日々成長し、今では姉たちに付いて外歩きをするようになっている。

「お待たせしました」

佐和がお盆を運んでくると、皿に載せた握り飯二つと麦湯を注《つ》いだ湯呑《ゆのみ》を二つ、縁に置いた。

「お糸さん、よかったら握り飯を。日本橋に着くまでに腹が減るかもしれないよ」

「ありがとうございます」

軽く頭を下げたが、お糸は迷わず湯呑を口に運んだ。

六平太は、握り飯にかぶりついた。

庭の上空で小鳥の声がした。

「千住という名は聞いたことあるけど、実際はどういう土地なの」

「ただの宿場町だよ」

佐和の問いかけにぞんざいに返答した六平太は、湯呑を口に運んだ。

「いいえ。千住は、とってもいいところでしたよ」

少し謡うような調子で口にすると、お糸は晴れ渡った空を見上げた。

四

佐和の家を後にした六平太とお糸は、五つを少し過ぎた頃、日本橋に着いた。

「本当にありがとう存じました」

『松雅堂』にお糸を送り届けると、新左衛門は六平太の手を取らんばかりにして深々と礼をした。

千住での出来事はなにも言わず、六平太は母屋の裏木戸から出た。

新左衛門はおそらく、千住の様子や今後のことはお糸の口から知ることになるだろう。

通四丁目箔屋町を後にした六平太は、通一丁目へと足を向けた。

「日本橋にお帰りになったら、これをおっ母さんに渡してください」

今朝、千住の百姓家を去る際、幸七から文を託されていた。

その文を幸七の母親に届けてから、浅草元鳥越に帰るつもりだった。

通一丁目にある小間物屋『上総屋』はすぐに分かった。

「お内儀のおせき様に、じかにお渡ししたいものがあるのですが」

六平太は住まいと姓名を名乗って、そう申し入れた。

「渡すとは、いったいなにを」

番頭と名乗った四十を越した男が、訝《いぶか》るように問い返した。

「それこそ、お内儀に直々にお伝えしたい」

六平太がそう返事をすると、

「こちらを裏にご案内しなさい」

手代に命じた番頭は、急ぎ帳場近くの暖簾を分けて奥に消えた。

「こちらへ」

先に立った手代に続いて店の外に出た六平太は、店の脇の小路を奥へと進んだ。

板塀の木戸から中に入り、母屋の戸口に立つと、中から戸が開けられた。

「どうぞ」

戸を開けたのは、店に居た番頭で、土間に近い上り口に膝を揃えている五十に近い女の後ろに控えた。

「わたしは店へ」

手代が引き返すと、

「『上総屋』の内儀の、せきと申します」

五十に近い女が、抑揚のない声を発した。

「お人払いをお願いしたい」

「何を仰いますか。わたしどものお内儀を、見知らぬお方と二人にするわけには参りません」

番頭が口を尖らせた。

「だったら居てもいいが、ほんの少し、眼と耳を塞《ふさ》いでもらいたい」

六平太の申し出に不満を滲《にじ》ませながらも、番頭は眼を閉じて耳を塞いだ。

「幸七さんに頼まれた」

耳元で囁くと、託された文を懐からほんの少し出して、『幸七』という差出人の名をおせきに見せた。

あっと、声を出しかけたおせきが、目を丸くして文を凝視した。

そしてすぐ、耳を塞いだ番頭の手を外した。

「番頭さんは、店にお戻りなさい」

番頭は少し逡巡《しゅんじゅん》したが、頑としたおせきの物言いが効いたのか、その場を去って行った。

「あなた様は、幸七とどこで」

おせきが、堰《せき》を切ったように問いかけた。

六平太は、お糸に付き添って千住の幸七に会いに行った経緯と、百姓家での話し合いの結果を打ち明けた。

「そうですか。お糸ちゃんは、千住に通うとまでねぇ」

そう呟いて、おせきは目尻を拭った。

「文には、所番地も書いたそうですから、そこへ送るといい。文を送るのは罪にはなりませんから、幸七さんは喜ぶと思いますよ」

六平太の勧めには何も返事をしなかったおせきが、廊下に手を突いて深々と頭を下げた。


近隣の寺々が打ち鳴らす暮れ六つの鐘が、浅草元鳥越の『市兵衛店』上空で入り交じっていた。

桶を抱えて湯屋から戻って来た六平太が、夕焼けに染まった井戸端から路地へ向かうと、

「秋月さん」

背後から三治《さんじ》の声がした。

木戸を潜って来た三治の横には、大道芸人の熊八《くまはち》がいた。

「湯屋から出たところを見かけて追いかけたんですが」

そう口にして、半纏《はんてん》の下に褌《ふんどし》一つという願人坊主《がんにんぼうず》の装《な》りをした熊八が両肩を上下

させた。

「音羽から千住に回るなんて聞いてましたがね」

三治に尋ねられて、

「おう、その千住から昼前に帰って来たんだよ」

六平太はそう返事をした。

「道々熊《くま》さんと話し合いましてね、晩の支度はなんにもしてないから、わたしら居酒屋『金時《きんとき》』に行くことにしたんですが、秋月さんはどうなさいます」

「今からじゃ、晩の支度は遅いから、おれも『金時』だな」

六平太が、三治にそう返答した時、

「おれも付き合いたいねぇ」

と、家の中から大工の留吉が飛び出して来た。

「なに馬鹿なこと言ってんだい！」

後を追って出て来たお常が、留吉の袖口を摑んだ。

「家で晩の支度してあるのに、どうして外でおまんまを食べなきゃならないんだよ」

「だって、みんなが繰り出すっていうのに、おれだけ付き合わないっていうのはよぉ」

留吉は口を尖らせた。

「百五十文も出して富札を買ったくせに、付き合いがどうのなんて言える身分かい。外で散財したいなら、富くじに当たってからにしておくれ」

言うだけ言うと、お常は家の中に入って行った。

「留さん、今日は大人しくお常さんのいうことを聞いた方がいいね」

三治が声を低めた。

六平太も熊八も、三治に同調して頷いて見せた。

「あぁあ」

ため息をつきながら、留吉は家の中に戻った。

「それじゃ、あとで」

三治の声で、残った三人はそれぞれの家に入って行った。

家に入った六平太は、決まったところに桶を置き、流しの上の小物干しに手拭いを掛けた。

「秋月様」

声がした戸口の外を見ると、富坂徹太郎《とみさかてつたろう》が立っていた。

「お、入れ」

「では」

律儀に礼をして、徹太郎は土間に立った。

「上がれよ」

先に土間から板の間に上がって、六平太は促した。

「は」

徹太郎も土間を上がり、長火鉢を挟んで、六平太の向かいに膝を揃えた。

「愛宕下《あたごした》からわざわざか」

「いえ。四谷《よつや》の道場の帰りです」

徹太郎ははきはきと答えた。

愛宕下には、徹太郎が供番を務める信濃国、十河藩の江戸上屋敷がある。

相良道場の稽古を終えて、愛宕下に帰る途中立ち寄ったのだろう。

「秋月様、殿様が国元へ発たれるのが、今月の十八日と決まりましたので、わたしもその日に江戸を離れます」

徹太郎は、両手を膝に置いたまま、上体を軽く前に倒した。

参勤交代や江戸での外出の時は、乗り物の近くで殿様の警固をするのが供番の役目であった。

かつて六平太が務めていた役目が供番であった。

「それで、先日お願いをしておりました立会いを、江戸を発つ前に是非ともお願いしたいと思い、伺いました」

「分かった。今度、道場には、いつ行くんだ」

六平太が尋ねると、

「帰国の支度などで、この後、四谷の道場に行くことは叶いません。ですから、出来れば、人目のない場所で立ち会って頂きたく」

徹太郎は頭を下げた。

「そんな場所に心当たりがあるのか」

「愛宕下からも、ここからもそう遠くない、采女ヶ原《うねめはら》の明地ではいかがでしょうか。あそこには、馬場もございます」

「いいだろう。それで、日にちは」

「十五日の早朝、七つでは」

手を突いた徹太郎が、窺うように六平太を見上げた。

「承知した」

「ありがとう存じます」

徹太郎は、板の間に額を擦《こす》り付けた。

浅草元鳥越は、昨日まで梅雨空に覆われていたが、今朝になって晴れ間が出た。

昨日は雨が降ったり止《や》んだりの繰り返しで、大工の留吉も大道芸人の熊八も、仕事に出掛けたものの、昼前には濡《ぬ》れ鼠《ねずみ》になって『市兵衛店』に帰って来たくらいだ。

「梅雨時は洗い物が溜《た》まるからいやだ」

そうぼやいていたお常は、今朝、留吉を送り出すとすぐ洗濯に取り掛かり、五つ頃には干し終えていた。

六平太が、二階の物干し場の手摺《てすり》に敷布団を掛けた時、

「秋月さん、お客さんですよ」

足元から、隣家の住人、弥左衛門の声がした。

路地に立った弥左衛門の横には、お糸の姿があった。

「すぐに降りますから、中に入って下さい」

六平太が声をかけると、お糸は弥左衛門に向かって頭を下げた。

六平太が階下に降りるのと同時に、お糸が土間に立った。

「お上がりなさい」

「いえ、ここで」

お糸は、上がり框《がまち》に腰を掛けた。

六平太は、土間に近い板の間に座った。

「秋月様に、千住に行って、幸七さんに会ってきてもらいたいの」

そう口にしたお糸の横顔には、苦悩の色が窺えた。

「岩本町の『もみじ庵』さんにお願いに行ったら、今日のことなら直《じか》に訪ねた方が早いということだったので」

お糸は、『もみじ庵』の親父から六平太の住まいを聞いてきたのだと告げた。

「なにがありました」

「幸七さんから、わたしとはもう二度と会わないって、文が届きました。それがどういうことなのか、文にはなんにも書いてなかったので、秋月様にわけを聞いて来てほしいのです」

お糸の頼みに、六平太は少し迷った。

何も行きたくないというのではない。

明日、十五日の早朝、富坂徹太郎と立ち会うことになっていた。

だが、千住へ行って話を聞くくらいなら、今日中に江戸に戻れることは戻れる。

「分かった。行って来ましょう」

請け負った六平太自身、幸七の心変わりの訳を知りたかった。

身支度を整えると、手には菅笠を持って、お糸とともに路地へ出た。

「おや秋月さん、若い娘さんとどちらへ」

井戸端で小松菜を洗っていた、弥左衛門の家に通う女中のお竹がからかうような声を上げた。

「表通りまでですよ」

そう返答をすると、

「誰か訪ねて来たら、千住に行くが、今日中には戻るとそう言っておいてもらいたいんだが」

六平太は、片手でお竹を拝んだ。

「わかりましたよ。大家さんやお常さんにもそう言っておきますよ」

お竹は、笑って引き受けてくれた。

千住大橋を渡って、千住掃部宿に足を踏み入れた時、お天道様は真上にあった。

お糸を連れて千住に来た時より、一人の方が速く歩けた。

問屋場近くの一膳飯屋で昼餉を摂った後、六平太は慈眼寺裏の幸七の住まいに向かった。

二本の柿の木の立つ前庭に歩を進めると、

「幸七さん」

と、家の中に向かって声を掛けた。

が、返答はない。

六平太は、戸を開けて土間に足を踏み入れた。

囲炉裏の切られた板の間にも、奥の部屋にも幸七の姿はなかった。

鍋や器が土間の流しに置かれている様子から、幸七がここで暮らしを続けていると見て取れた。

六平太は幸七を待つことにして、前庭に出た。

前庭に面した一間半（約二・七メートル）程の縁に腰掛けると、突き出た庇《ひさし》のお蔭《かげ》で日陰になっていた。

待つほどのこともなく、笠を被り、背負い籠を背中に担いだ幸七が前庭に現れた。

「秋月様」

幸七が、縁の前で足を止めた。

「昼からまた野良に出るのか」

六平太は、幸七と話をする余裕があるのかどうかが気掛かりだった。

「朝早くから手伝ったので、今日の仕事は終えて来ました」

幸七はそう口にした。

「昼餉は」

「畑の持ち主から、握り飯を頂きました」

幸七は、背負い籠を指さした。

六平太は、お糸に頼まれて来たことを打ち明けた。

「そうだろうとは、思いました」

「話、聞かせてもらえるか」

六平太の問いかけに、幸七は小さく頷いた。

「秋月様、おっ母さんにわたしの文を渡していただいて、ありがとうございました」

六平太の横に並んで腰かけるなり、丁寧に頭を下げた。

「おっ母さんから、文が届いたのか」

「いいえ。お糸ちゃんと秋月様が、江戸に戻った翌日、ここにおっ母さんがやってきました」

思いもしない話が飛び出した。

それは、十日の事だった。

母親のおせきは千住にやって来て、幸七からの文の内容に異を唱えたのだという。

「おっ母さんは、千住に通うことにしたお糸ちゃんとわたしが会うことを嘆きました。わたしが罪科を蒙り、婿にと望んでくれていた『松雅堂』の皆様にとんだ迷惑を掛けたのは、知らなかったこととは言え、お前の不始末のせいではないか、そう言って泣かれてしまいました」

幸七は、ふうと息を吐いた。

幸七の父親と母のおせきは、罪人となった倅をお糸の婿には出来ないと『松雅堂』

に申し入れ、既に縁組は破談となっている。

『松雅堂』の跡取りにと幸七を望んでくれていたお糸の二親は、新たな婿を探さなければならなくなった。

「そんな迷惑をかけたにも拘《かか》わらず、お糸さんがここに来ることを『松雅堂』の新左衛門さんはお許しになった。お前のことが、憎くて仕方がないはずなのにだよ。それを思えば、ただただ申し訳なく、こっちの胸が張り裂けるくらいだ。『松雅堂』のおかみさんにも合わせる顔がありません。これからはお糸さんが千住に通うということだけれど、お前は決してお糸さんと会うことはなりません」

おせきは、幸七にきつい言葉を投げかけたという。さらに、

「お前がもしも、ここに来るお糸さんと会うと言うのなら、わたしもお父っつぁんも首を括《くく》って『松雅堂』さんにお詫《わ》びをしなきゃいけないのですよ」

おせきはそう言い残して江戸へと帰ったと、幸七は打ち明けた。

「親にそうまで言われては、返す言葉もありませんでした。お糸ちゃんへの文には細かいことは省いて、ただ、もう会えないとだけを」

そこまで口にした幸七が、すっと目尻を拭った。

「分かった」

六平太は、縁から下りた。

「幸七さん、辛抱すれば、いつか江戸に戻れる日も来るさ」

そう声を掛けると、六平太は前庭を後にした。

そのまま、一度も振り返ることなく、日光街道を目指した。

五

九つの鐘を聞いてから、およそ半刻以上は過ぎた時分だろう。

六平太は、千住大橋を北から南へと渡った。

千住宿の小塚原町《こつかつぱらまち》や中村町《なかむらまち》を通り過ぎた途端、町家が途絶え、街道の両側には畑地や夏草の茂る叢《くさむら》が広がっていた。

街道の右手前方に、ぽつぽつと木立の立つ御仕置場が見えてきた。

磔刑《たつけい》を行ったり、斬首した首を獄門《ごくもん》に掛けたりする小塚原の刑場である。

六平太が、ふっと足を止めた。

行く手の刑場から、頬被りをした男が三人、するすると街道に出てきた。

気配を感じて背後を振り向くと、顔を隠した男が二人、迫って来ていた。

千住大橋を渡る時、付けられているような気がしたのは、間違いではなかった。

刑場から現れた三人と、背後から迫る二人の男たちは、脇差や懐の匕首《あいくち》を引き抜くと、一言も発することなく、じりじりと六平太に迫った。

五月の末に、不忍池で襲ってきた男たちと同じ臭いがした。

六平太と知ったうえでの襲撃に違いないが、その訳も狙いも分からない。

五人の男たちにぐるりと囲まれた六平太は、ゆっくりと刀を抜くと、横に動いた。

それにつれて、囲んだ五人も動く。

六平太は突然駆け出して、刑場の中に入り込んだ。

その直後、いきなり足を止めると、猛然と追って来た五人の男たちは慌ててたたらを踏んだ。

その瞬時、六平太は刀を峰に返すと、一人の男の腕を叩き、もう一人の男の膝頭を叩いた。

ギエッ、と膝頭を叩かれた男は苦痛の声を上げて倒れ、膝を抱えてのたうち回った。

六平太に右腕を叩かれた男は、落ちた匕首も拾えずに、ただ突っ立っていた。

「お前ら、おれを狙うわけを話せ」

六平太は、残った三人に切っ先を向けた。

だが、三人の男たちは黙ったまま、いつでも襲い掛かれるよう身構えている。

「ま、いい。動けなくなった奴《やつ》でも口は利けるだろう」

そう口にして、六平太は三人との間をじりっと詰めた。

三人は、突然、三方に散った。

間隔を取った三人すべての動きに警戒せざるを得なくなった六平太は、一瞬気が散った。

「辰《たつ》、甚吉《じんきち》を殺せ」

三人の男の一人が鋭く言い放った。

すると、右腕の利かなくなっていた男が、落ちた匕首を左手で摑み、膝頭を抱えて呻《うめ》いていた男の喉に突き立てた。

六平太が、首から飛び散る血に気を取られた刹那、四人の男たちは脱兎《だっと》のごとく刑場から駆け去った。

六平太は、血しぶきの収まった男の側《そば》に、屈《かが》んだ。

被りものを外したが、息絶えている男の顔に見覚えはなかった。

甚吉と呼ばれた男は、仲間に口を封じられたのだ。

懐に手を差し込んだものの、何者であるかを示すものは何もない。

立ち上がった六平太は、大きく息を吸い、そして吐いた。

刀を鞘《さや》に納めると、刑場にある回向院《えこういん》へ行き、男が一人死んだわけを伝えた。

寺の者から、役人が来るまで待つように言われたが、六平太には明日早朝の立会いが控えていた。

役人と会えば、調べが夜まで掛かる恐れがある。

名を名乗り、住まいを教えると同時に、北町奉行所の同心、矢島新九郎との間柄を細かく説明すると、やっとのことで六平太は刑場を後に出来た。


夕刻の日本橋の通りは、朝とは違う賑《にぎ》わいがある。

七つ半（五時頃）を過ぎた頃おいともなると、そろそろ片づけをはじめる商家もあるし、外を駆け回っていた奉公人は急ぎお店に戻る。

物売りや出職の職人たちも家路に就き始める。

小塚原で思わぬ時を取られた六平太が日本橋に着いたのは、夕刻の気ぜわしい時分だった。

浅草元鳥越に帰る前に、片づけなければならないことがあった。

幸七と会って話をしたことを『松雅堂』のお糸に伝えなければならない。

『松雅堂』の母屋の戸口で声を掛け、応対に出た年かさの女中に来意を口にした。

奥に引っ込んだ女中が、すぐに戻って来ると、六平太を奥の座敷に案内した。

待つほどのこともなく、お糸を伴った新左衛門が入って来た。

「お糸さんだけではなく、新左衛門さんにも同席してもらいたい」

六平太は先刻、取次の女中にそう頼んでおいた。

「この度はいろいろと」

新左衛門は、お糸の横に座るなり、頭を下げた。

「それで幸七さんは、なんて」

お糸が、待ちわびた様子で身を乗り出した。

六平太は、千住に行って、幸七の口から聞いたことを語った。

母親のおせきが千住に現れて、思いを訴えたことなど、幸七から聞いたままを二人に伝えると、新左衛門は感に堪えないという面持ちで天井を仰ぎ、お糸は袂を口に押し当てて忍び泣いた。

辞去の挨拶を口にして座敷を出た六平太は、裏木戸から小路へと出た。

表通りへと足を向けた時、背後で、裏木戸の開く音がした。

新左衛門が下駄の音を立てて駆け寄って来ると、いきなり六平太の掌《て》に紙包みを握らせた。

そして、何も言わず深々と頭を下げると、踵を返して裏木戸から塀の中に駆け込んだ。

かちりと、木戸の閂《かんぬき》の閉まる音を耳にした六平太は、掌の紙包みに眼を遣《や》った。

重さと形から、包みの中味は一両だろう。

小さくため息をついて袂に落とすと、表通りへと歩み出した。

箔屋町の『松雅堂』を出た六平太は、楓川《もみじがわ》に出ると、新場橋《しんばばし》を渡って八丁堀《はっちょうぼり》へと足を向けた。

町は黄昏時《たそがれどき》を迎えていた。

南北、両奉行所の与力や同心の役宅は、『松雅堂』からほど近い八丁堀にある。

北島町《きたじまちょう》の矢島新九郎の役宅を訪ねて、小塚原の刑場での一件を知らせておこうと思い立ったのだ。

「矢島殿」

六平太は木戸門の外から声を掛けた。

「これはこれは秋月様」

戸を開けた新九郎の女房、おしずが、笑みを浮かべた。そして、

「宅は、まだ戻りませんのですが」

と、済まなそうな顔をした。

「なにかお言付けがございましたら、伝えますが」

「急用ということでもありませんから、またついでの時にでも」

六平太は一礼して、役宅を後にした。

さてどうするか――歩き出してすぐ、腹の中で呟いた。

富坂徹太郎との立ち合いは、明日の早朝、七つである。場所は、八丁堀から南へ行ったところにある築地本願寺《つきじほんがんじ》の西側、采女ヶ原明地だった。

これから浅草元鳥越に帰って、明日の朝早く再度こっちへ出て来るというのは、少々面倒臭い。

いっそ、京橋界隈の旅籠に泊まった方が少しはゆっくり出来るのではないか。

そう腹を決めた六平太は、楓川東岸の松屋町《まつやちょう》の通りに出て、弾正橋《だんじょうばし》の方へ足を向けた。

川岸に軒を並べる商家や料理屋の掛け行灯《あんどん》、それに居酒屋から洩れ出る明かりが、穏やかな水面に映っている光景は、夏の夕暮れらしい風情があった。

弾正橋を渡りかけた六平太が、ふっと足を止めた。

楓川の西岸を、弾正橋の方へやって来る二人の男の姿が眼に飛び込んだ。

一人は見たことのない顔だが、灯《とも》り始めた明かりに浮かんだもう一人の男は、紛れもなく弥左衛門であった。

弥左衛門とその連れは、本材木町《ほんざいもくちょう》八丁目の料理屋に入って行った。

三十間堀《さんじっけんぼり》四丁目の旅籠を出る頃、空が微かに白み始めた。

六平太は、菅笠を手にして三原橋《みはらばし》の方へ足を向けた。

富坂徹太郎と立ち会う木挽町《こびきちょう》の采女ヶ原は、三原橋を築地の方へ渡るとすぐの右手にある。

六平太が采女ヶ原明地の馬場に足を踏み入れると、先の方で人影が立ち上がるのがぼんやりと見えた。

六平太の方へゆっくりと近づいて来た人影は、富坂徹太郎だった。

「秋月様、お出《い》で下さりまことにありがとう存じます」

刀を腰に差していた徹太郎が、首《こうべ》を垂れた。

「おぬし、おれの分の木刀は持って来ているのか」

「いえ、それが」

徹太郎は、歯切れの悪い物言いをして目を伏せた。

「木刀がないなら、立会いは出来んな」

呟くような声を出した六平太は、ざらりと、少し髭《ひげ》の伸びた頬を撫でた。

「いえ」

「いえとは、どういうことだ」

六平太は、あまりにも思いつめたような徹太郎を訝るように見た。

「秋月様に、お願いがございます」

徹太郎は直立不動の姿勢を取った。そして、

「なにとぞ、真剣での立会いをお願い出来ないものでしょうか」

と、思いもよらないことを口にした。

「それはつまり」

余りのことに、六平太は戸惑っていた。

「何も秋月様を打ち倒したいなどと目論《もくろ》んでいるのではありません。ただ、十四、五の時分から剣術を身に付け、そのお蔭をもって供番という有難き務めを仰せつかりました。しかしながら、道場では木刀のみで打ち合い、殿の登城や下城、花見、参拝のお供をしておりましたが、まだ一度も真剣を抜いて殿様をお守りする折はありません。それは、幸いなことではありますが、殿様のお傍近くを警固する供番であるわたしとしては、一度も真剣を抜いたことがないままで、果たして供番としてのお務めが果たせるのかどうか、己の剣の腕前が一体如何《いか》ほどのものであるのかと、前々から疑問に思い続けておりました。江戸に参り、道場では幾度となく秋月様と稽古を重ねましたが、いざ、真剣ではどのように闘えるのか、いざという時、己は剣を持って相手にどう立ち向かえるのか、不安でならないのです。それを是非、江戸を去るに当たり、お教え願いたいのです」

一気に思いを述べた徹太郎は、両肩を上下させて息を整えた。

「だが、剣を抜いての立会いは、生きるか死ぬかの勝負ということなのだぞ」

六平太は、努めて穏やかな声を発した。

「はい。しかしながら、この立会いが遺恨によるものでもなく、私闘でもないことを分からせるために、わたしは書付を認《したた》めて参りました。もし、どちらかが傷つき、あるいは死んだとしても、この書付を藩に提示すれば、後顧の憂いはないものと存じます」

毅然と申し述べると、懐から一通の封書を取り出して六平太に示した。

封書の表に『言上』と記されていた。

この一事から、徹太郎の並々ならない覚悟が見て取れた。

封書からゆっくりと徹太郎に目を転じたが、その顔には澄んだものがあった。

「分かった。真剣で立ち会おう」

六平太の腹も据わった。

礼をした徹太郎が、持参した帯で襷《たすき》を掛けた。

六平太は、刀の下げ緒を外して襷にした。

日の出はまだだが、辺りは次第に明るさが増している。

襷を掛けた二人は、なにも言わず対峙《たいじ》した。

先に刀を抜いて、徹太郎は正眼に構えた。

六平太も刀を抜き、正眼に構え、切っ先を徹太郎の顔へと向けた。

道場で何度も立ち会ったことのある徹太郎の太刀筋に外連味《けれんみ》はなく、かつ剛直だということは、かねてから承知している。

六平太と徹太郎は、切っ先を向け合ったまま微動だにしない。

剣を交えれば、恐らく一瞬のうちに決着がつくだろう。

その一瞬に後れを取らないよう、お互い、気を張り詰めている。

いつの間にか日が上っていたことを、頬に射す日射しで気づいた。

対峙してから、どれほどの間が経ったか分からない。

本願寺を塒《ねぐら》にしている烏《からす》が数羽、啼き声を上げながら頭上を飛んで行った。

踏ん張っていた徹太郎の両足がほんの僅《わず》か、じりっと右へ動いた。

六平太は、正眼から八双に構えを変え、左へと足を動かした。

その刹那、つつつっと足を運んだ徹太郎が、いきなり宙へ飛び、上段から剣を振り下ろした。

キーン！

徹太郎のするどい動きに、六平太はやっとのことで対応し、相手の剣を払いのけた。

剣のぶつかる音と共に、火花が散った。

徹太郎がすぐさま二の太刀を繰り出すことは、六平太は当然予測がついた。

だが、態勢を作ろうとした徹太郎に、ほんの一瞬、乱れが生じた。

「たぁっ」

六平太は気合もろとも、徹太郎の首筋に向けて斜め上から剣を振り下ろした。

徹太郎の体は、足を踏ん張ったまま硬直した。

六平太の剣は、徹太郎の首筋から一寸ほどのところで、ぴたりと止まっていた。

その剣を首からゆっくりと離すと、踏ん張っていた足をもつれさせた徹太郎の体は揺れ、地面に両膝を立てた。

「徹太郎、これで気が済んだか」

「はは」

その場で両手を突いた徹太郎は、

「まことに、まことにありがたいことでございました。これで死ぬことが出来ました」

と、ひれ伏した。

「死んだか」

「富坂徹太郎、本日落命したからには、殿のお傍にて、死を恐れることなく供番の御務めを果たせます」

「懐の書付を出せ」

六平太は、刀を鞘に納めると、そう命じた。

素直に応じた徹太郎の手から書付を受け取ると、

「おめぇ、案外達筆だな。だが、これはもう不要だ」

文面を一読するなり、にやりと笑って書付を破り捨てた。

徹太郎は手を突いたまま、穏やかな顔で舞い散る紙片に見入った。

「国元に帰ったら、相良庄三郎《しょうざぶろう》先生に文でも送れよ」

そう言い放つと、六平太は立ち合いの場を後にした。

その時、芝《しば》の方から鐘の音がした。

六つを知らせる、増上寺《ぞうじょうじ》の時の鐘だった。

采女ヶ原から半刻ほどで浅草元鳥越に帰り着いた。

すっかり日の上がった『市兵衛店』から、お常の声が響き渡っていた。

木戸を潜ると、大工の留吉の家を覗いている三治と、『鹿島《かしま》の事触《ことぶ》れ』の装りをした熊八がいた。

「なにごとだよ」

六平太が声をかけると、

「留《とめ》さんが、仕事に出ないといって拗《す》ねてましてね」

三治が、笑み混じりで囁いた。

「どうしたんだよ」

六平太は、留吉の家の土間に入り込んだ。

戸口に背中を向けて座り込んだ留吉の傍に立ったお常が、

「どうして仕事に出ないいか、いくら聞いても喋《しゃべ》らないんですよ」

と、六平太に訴えかけた。

「子供じゃないんだから、そうやって拗ねてばっかりじゃいけないとおもいますよ」

「そうそう、熊さんの言う通りだ。あんまり子供じみたことをしてると、今後の付き合い方を考え直さなきゃならなくなるよ」

三治が、路地から穏やかに脅しをかけた。

「そうだな。飲みに行って、いちいち拗ねられたらたまったもんじゃねぇからな」

六平太も、三治の脅しに調子を合わせた。

「昨日が、富突きだったんだ」

戸口に体を向けた留吉が、吐き出すように口を開いた。

槍《やり》のようなもので木の札を突き刺して、当たりくじを知らせる谷中《やなか》、感応寺の富突きが、昨日だったのだ。

「ところがよ。その富札を、無くしちまったんだよ。その札がもし当たり札だったら、金を出し合った仲間に何と詫びればいいかと、仕事場に顔出し出来なくなっちまって」

がくりと項垂れた。

「これだろ」

お常が、土間近くの茶簞笥《ちゃだんす》の中から、紙切れを一枚取り出した。

「りの三百二十五番、おれのだ。おめぇ、これをどこで」

留吉が、弾かれた様に片膝を立てた。

「何日か前、外から帰って来たら、天井からふわりと舞い落ちて来たんだよ」

「なんで言わねぇんだよ、荒神《こうじん》様に預けてたんじゃねぇか」

留吉は、土間の上の神棚を指さした。

「無くしたのも気づかないようなあんたに渡せば、またどこかに無くしちまうと思ってね」

お常の反論に、うんうんと熊八が頷いた。

「これから、感応寺へ行って当たりくじを見て来る」

富札を懐にねじ込んだ留吉が、土間に下りようとした。

「あたしが昨日見に行って、当たりくじの番号は見てきたよ」

そう口にしたお常を、一同が注目した。

「りの三百二十五番は、十両の当たり札だったよ」

「なにっ、ほんとか！」

留吉が、頭のてっぺんから声を出した。

「留さん、おめでとう」

「今日あたり、祝い酒ですな」

三治と熊八が、狭い土間に入り込んで来た。

「お前さん、その札をよおく見るんだね」

お常の物言いは冷静だった。

留吉は、懐にねじ込んだ富札を広げた。

三治と熊八が札に顔を近づけた。

「違う」

熊八が、ぽつりと声を洩らした。

「なにがだよ、ここにちゃんと」

そう言いかけた三治が、息を飲んだ。

「十両の当たりくじは確かに、りの三百二十五番だったけど、その札は、いの三百二十五番だよ」

お常がそういうと、札に目を凝らしていた留吉が、がくりと首を垂れた。

「留さん、今夜は居酒屋『金時』に繰り出して無念の酒盛りをしようじゃないか」

六平太が口を開くと、

「この人にはあたし、酒代なんか渡しませんよ」

お常が口を尖らせた。

「なぁに、昨日、思いもしない実入りがあったから、おれが奢《おご》るよ」

そう言い残すと、六平太は路地へ出た。

「それで、わたしらもお相伴に与《あずか》れるのでございましょうか」

三治が揉《も》み手《で》をした。

「おう、そのつもりだ」

六平太の声に安堵《あんど》したのか、三治と熊八は、仕事に出掛けると言って木戸を潜って行った。

「留さん、今夜はお常さんも連れて来るんだぜ」

家の中にそう声を掛けると、

「わたしもいいのかい」

お常の弾んだ声が返って来た。

「当たり前だよ」

六平太は、陽気に返事をした。

『松雅堂』の新左衛門からもらった余禄の一両を早く使い切るには、仲間と飲み食いするのが一番真っ当な散財の仕方のような気がする。

「おや、朝帰りですな」

木戸の外から三治の声がした。

「ちょっと、深川《ふかがわ》で飲みすぎましてね」

そう返事をした弥左衛門が、木戸から入って来て、

「おはようございます」

と、挨拶をした。

「深川からですか」

六平太が尋ねると、

「古い知り合いと、久し振りに会いましてて」

笑ってそう答えた弥左衛門は、ではと辞儀をして、家の中に入っていった。

昨夕、連れの男といた弥左衛門を見かけたのは、日本橋の本材木町だった。

なのに、なぜ、深川と言ったのだろうか。

もしかすると、日本橋から深川に河岸を変えたのかも知れない。

どうでもいいか——六平太は腹の中で呟くと、欠伸《あくび》を噛み殺しながら、家の戸を開けた。

小学館文庫
好評既刊

付添い屋・六平太
龍の巻 留め女

金子成人

ISBN978-4-09-406057-7

時は江戸・文政年間。秋月六平太は、信州十河藩の供番（籠を守るボディガード）を勤めていたが、十年前、藩の権力抗争に巻き込まれ、お役御免となり浪人となった。いまは裕福な商家の子女の芝居見物や行楽の付添い屋をして糊口をしのぐ日々だ。血のつながらない妹・佐和は、六平太の再士官を夢見て、浅草元鳥越の自宅を守りながら、裁縫仕事で家計を支えている。相惚れで髪結いのおりきが住む音羽と元鳥越を行き来する六平太だが、付添い先で出会う武家の横暴や女を食い物にする悪党は許さない。立身流兵法が一閃、江戸の悪を斬る。時代劇の超大物脚本家、小説デビュー！

小学館文庫
好評既刊

付添い屋・六平太
虎の巻 あやかし娘

金子成人

ISBN978-4-09-406058-4

十一代将軍・家斉の治世も四十年続き、世の中の綱紀は乱れていた。浪人・秋月六平太は、裕福な商家の子女の花見や芝居見物に同行し、案内と警護を担う付添い屋で身を立てている。外出にかこつけて男との密会を繰り返すような、わがままな放題の娘たちのお守りに明け暮れる日々だ。血のつながらない妹・佐和をやっとのことで嫁に出したものの、ここのところ様子がおかしい。さらに、元許嫁の夫にあらぬ疑いをかけられて迷惑だ。降りかかる火の粉は、立身流兵法達人の腕と世渡りで振り払わねば仕方ない。日本一の人情時代劇、第二弾にして早くもクライマックス！

小学館文庫
好評既刊

付添い屋・六平太
鷺の巻 箱入り娘

金子成人

ISBN978-4-09-406142-0

江戸時代、主家を追われ浪人となった侍は、無収入からの脱却に悪戦苦闘した。かつて信州十河藩士だった秋月六平太は良家の子女を案内、護衛する付添い稼業によって生計を立てている。播磨石郷藩米倉家藩主の側妾お佐江の方の娘、結衣の輿入れが決まった。お佐江の方は西国へ嫁ぐ結衣に、最初で最後の江戸見物をさせたいのだという。一方、十河藩では十二年前の権力抗争が再燃していた。藩御用達の菓子屋や料理屋に顔を出す六平太の存在が目障りな江戸留守居役小松新左衛門は、ついに刺客を差し向ける。時代劇の伝説的脚本家が贈る、日本一の人情時代劇第四弾！　第一部完結編！

小学館文庫
好評既刊

付添い屋・六平太
朱雀の巻 恋娘

金子成人

ISBN978-4-09-406232-8

良家の娘は、総じて気前がいい。付添い屋で身を立てている浪人・秋月六平太にとって、上客のおひねりほどありがたいものはない。その中でも、木場の材木商「飛驒屋」のお内儀おかねと、その娘お登世は、別格のお得意様だ。しかし、お登世の友人・美緒の芝居見物に付添ったころから、様子がおかしくなった。美緒がお登世に、六平太とただならぬ関係があったかのように話したからだ。悩みの種はほかにもある。血の繋がらない妹・佐和は縁談に足踏みしているし、窮地に立つ元の主家・十河藩の行く末も気にかかるのだが……。日本一の王道時代劇第六弾、第二部完結編！

本書のプロフィール

本書は、小学館文庫のために書き下ろされた作品です。

小学館文庫

付添《つきそ》い屋《や》・六平太《ろっぺいた》
鵺《ぬえ》の巻《まき》　逢引《あいび》き娘《むすめ》

著者　金子成人《かねこなりと》

二〇一九年五月七日　初版第一刷発行

発行人　岡　靖司
発行所　株式会社　小学館
〒一〇一-八〇〇一
東京都千代田区一ツ橋二-三-一
電話　編集〇三-三二三〇-五九五九
　　　販売〇三-五二八一-三五五五
印刷所――中央精版印刷株式会社

ISBN978-4-09-406630-2